W0374035

Theodor Storm

Hundert Gedichte

Theodor Storm

Hundert Gedichte

Herausgegeben von
Regina Fasold

Aufbau-Verlag

ISBN 3-351-02977-2

1. Auflage 2003
© Aufbau-Verlag GmbH, Berlin 2003
Einbandgestaltung Henkel/Lemme
Typographie Peter Birmele
Druck und Binden Clausen & Bosse, Leck
Printed in Germany

www.aufbau-verlag.de

Inhalt

Zwischen Liebeswunsch und Verlustangst

Ehe, Familie und Heimat – Geborgenheit auf Zeit

Heimweh – nicht nur nach einer Landschaft

Leben im Zeichen des Todes

Anhang

Zwischen Liebeswunsch und Verlustangst

Lied des Harfenmädchens

Heute, nur heute
Bin ich so schön;
Morgen, ach morgen
Muß alles vergehn!

Nur diese Stunde
Bist du noch mein;
Sterben, ach sterben
Soll ich allein.

Elisabeth

Meine Mutter hat's gewollt,
Den andern ich nehmen sollt;
Was ich zuvor besessen,
Mein Herz sollt es vergessen;
Das hat es nicht gewollt.

Meine Mutter klag ich an,
Sie hat nicht wohlgetan;
Was sonst in Ehren stünde,
Nun ist es worden Sünde.
Was fang ich an?

Für all mein Stolz und Freud
Gewonnen hab ich Leid.
Ach, wär das nicht geschehen,
Ach, könnt ich betteln gehen
Über die braune Heid!

Und webte auch auf jenen Matten
Noch jene Mondesmärchenpracht,
Und stünd sie noch im Waldesschatten
Inmitten jener Sommernacht;
Und fänd ich selber wie im Traume
Den Weg zurück durch Moor und Feld,
Sie schritte doch vom Waldessaume
Niemals hinunter in die Welt.

Ein grünes Blatt

Ein Blatt aus sommerlichen Tagen,
Ich nahm es so im Wandern mit,
Auf daß es einst mir möge sagen,
Wie laut die Nachtigall geschlagen,
Wie grün der Wald, den ich durchschritt.

Die Nachtigall

Das macht, es hat die Nachtigall
Die ganze Nacht gesungen;
Da sind von ihrem süßen Schall,
Da sind in Hall und Widerhall
Die Rosen aufgesprungen.

Sie war doch sonst ein wildes Kind;
Nun geht sie tief in Sinnen,
Trägt in der Hand den Sommerhut
Und duldet still der Sonne Glut
Und weiß nicht, was beginnen.

Das macht, es hat die Nachtigall
Die ganze Nacht gesungen;
Da sind von ihrem süßen Schall,
Da sind in Hall und Widerhall
Die Rosen aufgesprungen.

Noch einmal!

Noch einmal fällt in meinen Schoß
Die rote Rose Leidenschaft;
Noch einmal hab ich schwärmerisch
In Mädchenaugen mich vergafft;
Noch einmal legt ein junges Herz
An meines seinen starken Schlag;
Noch einmal weht an meine Stirn
Ein juniheißer Sommertag.

Abends

Warum duften die Levkojen soviel schöner bei der Nacht?
Warum brennen deine Lippen soviel röter bei der Nacht?
Warum ist in meinem Herzen so die Sehnsucht auferwacht,
Diese brennend roten Lippen dir zu küssen bei der Nacht?

Hyazinthen

Fern hallt Musik; doch hier ist stille Nacht,
Mit Schlummerduft anhauchen mich die Pflanzen.
Ich habe immer, immer dein gedacht;
Ich möchte schlafen, aber du mußt tanzen.

Es hört nicht auf, es rast ohn Unterlaß;
Die Kerzen brennen und die Geigen schreien,
Es teilen und es schließen sich die Reihen,
Und alle glühen; aber du bist blaß.

Und du mußt tanzen; fremde Arme schmiegen
Sich an dein Herz; o leide nicht Gewalt!
Ich seh dein weißes Kleid vorüberfliegen
Und deine leichte, zärtliche Gestalt. – –

Und süßer strömend quillt der Duft der Nacht
Und träumerischer aus dem Kelch der Pflanzen.
Ich habe immer, immer dein gedacht;
Ich möchte schlafen, aber du mußt tanzen.

Junges Leid

Und blieb dein Aug denn immer ohne Tränen?
Ergriff dich denn im kerzenhellen Saal,
Hinschleichend in des Tanzes Zaubertönen,
Niemals ein dunkler Schauer meiner Qual?

O fühltest du's! Nicht länger kann ich's tragen;
Du weißt, das ganze Leben bist du mir,
Die Seligkeit von allen künft'gen Tagen
Und meiner Jugend Zauber ruht auf dir.

In meiner Liebe bist du auferzogen;
Du bist mein Kind – ich habe dich geliebt,
Als fessellos noch deine Locken flogen,
Als deine Schönheit noch kein Aug getrübt.

Ob du dich nimmer nach dem Freunde sehntest,
Der abends dir die schönen Lieder sang,
Indes du stumm an seiner Schulter lehntest,
Andächtig lauschend in den vollen Klang?

O fühl es nimmer, wie Vergangnes quäle!
Doch wirst du's fühlen; weiß ich's doch gewiß
An jedem Funken deiner, meiner Seele,
Gott gab dich mir, als er dich werden ließ.

O kehr zurück, und wandle, was vergangen,
In dunkle Schmerzen der Erinnerung!
Noch blüht dein Mund, noch glühen deine Wangen,
Noch ist mein Herz wie deines stark und jung.

Die Stunde schlug

Die Stunde schlug, und deine Hand
Liegt zitternd in der meinen,
An meine Lippen streiften schon
Mit scheuem Druck die deinen.

Es zuckten aus dem vollen Kelch
Elektrisch schon die Funken;
O fasse Mut, und fliehe nicht,
Bevor wir ganz getrunken!

Die Lippen, die mich so berührt,
Sind nicht mehr deine eignen;
Sie können doch, solang du lebst,
Die meinen nicht verleugnen.

Die Lippen, die sich so berührt,
Sind rettungslos gefangen;
Spät oder früh, sie müssen doch
Sich tödlich heimverlangen.

Du willst es nicht in Worten sagen

Du willst es nicht in Worten sagen;
Doch legst du's brennend Mund auf Mund,
Und deiner Pulse tiefes Schlagen
Tut liebliches Geheimnis kund.

Du fliehst vor mir, du scheue Taube,
Und drückst dich fest an meine Brust;
Du bist der Liebe schon zum Raube
Und bist dir kaum des Worts bewußt.

Du biegst den schlanken Leib mir ferne,
Indes dein roter Mund mich küßt;
Behalten möchtest du dich gerne,
Da du doch ganz verloren bist.

Du fühlst, wir können nicht verzichten;
Warum zu geben scheust du noch?
Du mußt die ganze Schuld entrichten,
Du mußt, gewiß, du mußt es doch.

In Sehnen halb und halb in Bangen,
Am Ende rinnt die Schale voll;
Die holde Scham ist nur empfangen,
Daß sie in Liebe sterben soll.

Mysterium

»Die letzte Nacht, bevor wir scheiden,
Dann, doch nicht eher, bin ich dein.
Gib mir die Hand! Du sollst nicht klagen,
Ich will nichts mehr für mich allein.«

Sie sprach's. Und endlich kam die Stunde,
Und nur die Sterne hielten Wacht;
Nur zweier Herzen tiefes Schlagen
Und nur der Atemzug der Nacht.

Kein Ungestüm und kein Verzagen;
Sie löste Gürtel und Gewand
Und gab sich feierlich und schweigend
Und hülflos in der Liebe Hand.

Er hielt berauscht an seinem Herzen
Die Rose ihres Angesichts.
»So laß mich nun die Welt beschließen!
Nach dieser Stunde gibt sie nichts.«

Sie aber weinte, daß in Tränen
Ihr leidenschaftlich Herz zerging;
Sie dachte nichts, als daß zum Scheiden
Sie jetzt in seinen Armen hing.

Sie bebte bei der Glocken Schlagen
Und schloß sich fest an seine Brust;
Und in den Schmerz der künft'gen Stunden
Warf sie des Augenblickes Lust.

Sie wußte nicht, es war vergessen,
Daß sie begehrt und hülfelos
Lag mit den jungfräulichen Gliedern
In des geliebten Mannes Schoß.

Als er ein Weib umarmen wollte,
Lag sanft entschlummert, atmend lind,
An seinem tiefbewegten Herzen
Ein blasses, müdgeweintes Kind.

Rote Rosen

Wir haben nicht das Glück genossen
In indischer Gelassenheit;
In Qualen ist's emporgeschossen,
Wir wußten nichts von Seligkeit.

Verzehrend kam's in Sturm und Drange;
Ein Weh nur war es, keine Lust!
Es bleichte deine zarte Wange
Und brach den Atem meiner Brust.

Es schlang uns ein in wilde Fluten,
Es riß uns in den jähen Schlund;
Zerschmettert fast und im Verbluten
Lag endlich trunken Mund auf Mund.

Des Lebens Flamme war gesunken,
Des Lebens Feuerquell verrauscht,
Bis wir aufs neu den Götterfunken
Umfangend, selig eingetauscht.

Wohl fühl ich, wie das Leben rinnt

Wohl fühl ich, wie das Leben rinnt
Und daß ich endlich scheiden muß,
Daß endlich doch das letzte Lied
Und endlich kommt der letzte Kuß.

Noch häng ich fest an deinem Mund
In schmerzlich bangender Begier;
Du gibst der Jugend letzten Kuß,
Die letzte Rose gibst du mir.

Du schenkst aus jenem Zauberkelch
Den letzten goldnen Trunk mir ein;
Du bist aus jener Märchenwelt
Mein allerletzter Abendschein.

Am Himmel steht der letzte Stern,
O halte nicht dein Herz zurück;
Zu deinen Füßen sink ich hin,
O fühl's, du bist mein letztes Glück!

Laß einmal noch durch meine Brust
Des vollsten Lebens Schauer wehn,
Eh seufzend in die große Nacht
Auch meine Sterne untergehn.

Die Zeit ist hin

Die Zeit ist hin; du löst dich unbewußt
Und leise mehr und mehr von meiner Brust;
Ich suche dich mit sanftem Druck zu fassen,
Doch fühl ich wohl, ich muß dich gehen lassen.

So laß mich denn, bevor du weit von mir
Im Leben gehst, noch einmal danken dir;
Und magst du nie, was rettungslos vergangen,
In schlummerlosen Nächten heimverlangen.

Hier steh ich nun und schaue bang zurück;
Vorüber rinnt auch dieser Augenblick,
Und wieviel Stunden dir und mir gegeben,
Wir werden keine mehr zusammen leben.

Wohl rief ich sanft dich an mein Herz

Wohl rief ich sanft dich an mein Herz,
Doch blieben meine Arme leer;
Der Stimme Zauber, der du sonst
Nie widerstandest, galt nicht mehr.

Was jetzt dein Leben füllen wird,
Wohin du gehst, wohin du irrst,
Ich weiß es nicht; ich weiß allein,
Daß du mir nie mehr lächeln wirst.

Doch kommt erst jene stille Zeit,
Wo uns das Leben läßt allein,
Dann wird, wie in der Jugend einst,
Nur meine Liebe bei dir sein.

Dann wird, was jetzt geschehen mag,
Wie Schatten dir vorübergehn,
Und nur die Zeit, die nun dahin,
Die uns gehörte, wird bestehn.

Und wenn dein letztes Kissen einst
Beglänzt ein Abendsonnenstrahl,
Es ist die Sonne jenes Tags,
Da ich dich küßte zum erstenmal.

Weisse Rosen

1

Du bissest die zarten Lippen wund,
Das Blut ist danach geflossen;
Du hast es gewollt, ich weiß es wohl,
Weil einst mein Mund sie verschlossen.

Entfärben ließt du dein blondes Haar
In Sonnenbrand und Regen;
Du hast es gewollt, weil meine Hand
Liebkosend darauf gelegen.

Du stehst am Herd in Flammen und Rauch,
Daß die feinen Hände dir sprangen;
Du hast es gewollt, ich weiß es wohl,
Weil mein Auge daran gehangen.

2

Du gehst an meiner Seite hin
Und achtest meiner nicht;
Nun schmerzt mich deine weiße Hand,
Dein süßes Angesicht.

O sprich wie sonst ein liebes Wort,
Ein einzig Wort mir zu!
Die Wunden bluten heimlich fort,
Auch du hast keine Ruh.

Der Mund, der jetzt zu meiner Qual
Sich stumm vor mir verschließt,
Ich hab ihn ja so tausendmal,
Vieltausendmal geküßt.

Was einst so überselig war,
Bricht nun das Herz entzwei;
Das Aug, das meine Seele trank,
Sieht fremd an mir vorbei.

3

So dunkel sind die Straßen,
So herbstlich geht der Wind;
Leb wohl, meine weiße Rose,
Mein Herz, mein Weib, mein Kind!

So schweigend steht der Garten,
Ich wandre weit hinaus;
Er wird dir nicht verraten,
Daß ich nimmer kehr nach Haus.

Der Weg ist gar so einsam,
Es reist ja niemand mit;
Die Wolken nur am Himmel
Halten gleichen Schritt.

Ich bin so müd zum Sterben;
Drum blieb' ich gern zu Haus
Und schliefe gern das Leben
Und Lust und Leiden aus.

Geh schlafen, Herz!

Geh schlafen, Herz! Sie kommt nicht mehr,
Dereinst wohl wäre sie gekommen;
Doch hat die Zeit, wie manches sonst,
Auch dieses mir dahingenommen.

Und war es auch ein grosser Schmerz

Und war es auch ein großer Schmerz,
Und wär's vielleicht gar eine Sünde,
Wenn es noch einmal vor dir stünde,
Du tätst es noch einmal, mein Herz.

Ehe, Familie und Heimat – Geborgenheit auf Zeit

Lose

Der einst er seine junge
Sonnige Liebe gebracht,
Die hat ihn gehen heißen,
Nicht weiter sein gedacht.

Drauf hat er heimgeführet
Ein Mädchen still und hold;
Die hat aus allen Menschen
Nur einzig ihn gewollt.

Und ob sein Herz in Liebe
Niemals für sie gebebt,
Sie hat um ihn gelitten
Und nur für ihn gelebt.

Dämmerstunde

Im Sessel du, und ich zu deinen Füßen –
Das Haupt zu dir gewendet, saßen wir;
Und sanfter fühlten wir die Stunden fließen,
Und stiller ward es zwischen mir und dir;
Bis unsre Augen ineinandersanken
Und wir berauscht der Seele Atem tranken.

Lehrsatz

Die Sonne scheint; laß ab von Liebeswerben!
Denn Liebe gleicht der scheuesten der Frauen;
Ihr eigen Antlitz schämt sie sich zu schauen,
Ein Rätsel will sie bleiben, oder sterben.
Doch wenn der Abend still herniedergleitet,
Dann naht das Reich der zärtlichen Gedanken;
Wenn Dämmrung süß verwirrend sich verbreitet
Und alle Formen ineinander schwanken,
Dann irrt die Hand, dann irrt der Mund gar leicht,
Und halb gewagt, wird alles ganz erreicht.

Ich bin mir meiner Seele

Ich bin mir meiner Seele
In deiner nur bewußt,
Mein Herz kann nimmer ruhen
Als nur an deiner Brust!
Mein Herz kann nimmer schlagen
Als nur für dich allein.
Ich bin so ganz dein eigen,
So ganz auf immer dein. – –

Sprich, bist du stark

Sprich, bist du stark, wenn schon mein Leben brach
Und nur nicht scheiden kann von deinen Blicken,
Das Auge, das von deiner Liebe sprach,
Auf Nimmerwiedersehen zuzudrücken?

Und bist du stark, was sonst das Herz verführt,
Wenn es sich schmeichelnd, zwingend dargeboten,
Dir stets zu weigern fest und unberührt
Und jungfräulich zu hangen an dem Toten?

Und bist du stark, daß durch den trüben Flor,
Daß durch die Einsamkeit mühsel'ger Jahre,
Wenn dein Gedächtnis schon mein Bild verlor,
Doch unsre Liebe noch dein Herz bewahre?

An diesen Blättern meiner Liebe

An diesen Blättern meiner Liebe hangen
Deine süßen Augen mit Innigkeit –
Sprich! Bangt dir vor keiner Zeit,
Wo du sie weit,
Weit weg aus deiner Nähe könntst verlangen?

Wo du Vergessenheit,
Vergessenheit für alles könntst verlangen,
Was jetzt dir lieb?
Für diese Hand, die dir die Lieder schrieb,
Für diese Stunde, die dann längst vergangen?

O süsses Nichtstun

O süßes Nichtstun, an der Liebsten Seite
Zu ruhen auf des Bergs besonnter Kuppe;
Bald abwärts zu des Städtchens Häusergruppe
Den Blick zu senden, bald in ferne Weite!
O süßes Nichtstun, lieblich so gebannt
Zu atmen in den neubefreiten Düften;
Sich locken lassen von den Frühlingslüften,
Hinabzuziehn in das beglänzte Land;
Rückkehren dann aus aller Wunderferne
In deiner Augen heimatliche Sterne.

Februar

Im Winde wehn die Lindenzweige,
Von roten Knospen übersäumt;
Die Wiegen sind's, worin der Frühling
Die schlimme Winterzeit verträumt.

März

Und aus der Erde schauet nur
Alleine noch Schneeglöckchen;
So kalt, so kalt ist noch die Flur,
Es friert im weißen Röckchen.

April

Das ist die Drossel, die da schlägt,
Der Frühling, der mein Herz bewegt;
Ich fühle, die sich hold bezeigen,
Die Geister aus der Erde steigen.
Das Leben fließet wie ein Traum –
Mir ist wie Blume, Blatt und Baum.

Mai

I

Die Kinder schreien »Vivat hoch!«
In die blaue Luft hinein;
Den Frühling setzen sie auf den Thron,
Der soll der König sein.

2

Die Kinder haben die Veilchen gepflückt,
All, all, die da blühten am Mühlengraben.
Der Lenz ist da; sie wollen ihn fest
In ihren kleinen Fäusten haben.

Juli

Klingt im Wind ein Wiegenlied,
Sonne warm herniedersieht,
Seine Ähren senkt das Korn,
Rote Beere schwillt am Dorn,
Schwer von Segen ist die Flur –
Junge Frau, was sinnst du nur?

Nun sei mir heimlich zart und lieb

Nun sei mir heimlich zart und lieb;
Setz deinen Fuß auf meinen nun!
Mir sagt es: ich verließ die Welt,
Um ganz allein auf dir zu ruhn;

Und dir: o ließe mich die Welt,
Und könnt ich friedlich und allein,
Wie deines leichten Fußes jetzt,
So deines Lebens Träger sein!

Schliesse mir die Augen beide

Schließe mir die Augen beide
Mit den lieben Händen zu!
Geht doch alles, was ich leide,
Unter deiner Hand zur Ruh.

Und wie leise sich der Schmerz
Well' um Welle schlafen leget,
Wie der letzte Schlag sich reget,
Füllest du mein ganzes Herz.

Nachts

Wie sanft die Nacht dich zwingt zur Ruh,
Stiller werden des Herzens Schläge;
Die lieben Augen fallen dir zu,
Heimlich nur ist die Sehnsucht rege.
Halbe Worte von süßem Bedeuten
Träumerisch über die Lippen gleiten.

Du schläfst

Du schläfst – so will ich leise flehen:
O schlafe sanft! und leise will ich gehen,
Daß dich nicht störe meiner Tritte Gang,
Daß du nicht hörest meiner Stimme Klang.

Mondlicht

Wie liegt im Mondenlichte
Begraben nun die Welt;
Wie selig ist der Friede,
Der sie umfangen hält!

Die Winde müssen schweigen,
So sanft ist dieser Schein;
Sie säuseln nur und weben
Und schlafen endlich ein.

Und was in Tagesgluten
Zur Blüte nicht erwacht,
Es öffnet seine Kelche
Und duftet in die Nacht.

Wie bin ich solchen Friedens
Seit lange nicht gewohnt!
Sei du in meinem Leben
Der liebevolle Mond!

Gode Nacht

Över de stillen Straten
Geit klar de Klokkenslag;
God Nacht! Din Hart will slapen,
Un morgen is ok en Dag.

Din Kind liggt in de Weegen,
Un ik bün ok bi di;
Din Sorgen un din Leven
Is allens um un bi.

Noch eenmal lat uns spräken:
Goden Abend, gode Nacht!
De Maand schient op de Däken,
Uns' Herrgott hölt de Wacht.

Wer je gelebt in Liebesarmen

Wer je gelebt in Liebesarmen,
Der kann im Leben nie verarmen;
Und müßt er sterben fern, allein,
Er fühlte noch die sel'ge Stunde,
Wo er gelebt an ihrem Munde,
Und noch im Tode ist sie sein.

Die Kinder

1

Abends

Auf meinem Schoße sitzet nun
Und ruht der kleine Mann;
Mich schauen aus der Dämmerung
Die zarten Augen an.

Er spielt nicht mehr, er ist bei mir,
Will nirgend anders sein;
Die kleine Seele tritt heraus
Und will zu mir herein.

2

Mein Häwelmann, mein Bursche klein,
Du bist des Hauses Sonnenschein,
Die Vögel singen, die Kinder lachen,
Wenn deine strahlenden Augen wachen.

Auf dem Segeberg

Hier stand auch einer Frauen Wiege,
Die Wiege einer deutschen Frau;
Die schaut mich an mit Augen blau,
Und auf dem Felsen, drauf ich liege,
Schließt sie mich plötzlich an die Brust.
Da werd ich mir des Glücks bewußt;
Ich seh die Welt so unvergänglich,
Voll Schönheit mir zu Füßen ruhn;
Und alle Sorgen, die so bänglich
Mein Herz bedrängten, schweigen nun.
Musik! Musik! Die Lerchen singen,
Aus Wies' und Wäldern steigt Gesang,
Die Mücken in den Lüften schwingen
Den süßen Sommerharfenklang.
Und unten auf besonnter Flur
Seh ich des Kornes Wellen treiben,
In blauen Wölkchen drüber stäuben
Ein keusch Geheimnis der Natur. –
Da tauchen an des Berges Seite
Zwei Köpfchen auf aus dem Gestein;
Zwei Knaben steigen durchs Gekräute;
Und sie sind unser, mein und dein.
Sie jauchzen auf, die Felsen klingen;
Mein Bursche schlank, mein Bursche klein!
Schau, wie sie purzeln, wie sie springen,
Und jeder will der erste sein.
In Kinderlust die Wangen glühen;
Die Welt, die Welt, o wie sie lacht!
Nun hängen sie an deinen Knieen,
Nun an den meinen unbedacht;
Der Große hier, und hier der Kleine,

Sie halten mich so eng umfaßt,
Daß in den Thymian der Steine
Mich hinzieht die geliebte Last.
Die Schatten, die mein Auge trübten,
Die letzten, scheucht der Kindermund;
Ich seh der Heimat, der geliebten,
Zukunft in dieser Augen Grund.

Im Herbste

Es rauscht, die gelben Blätter fliegen,
Am Himmel steht ein falber Schein;
Du schauerst leis und drückst dich fester
In deines Mannes Arm hinein.

Was nun von Halm zu Halme wandelt,
Was nach den letzten Blumen greift,
Hat heimlich im Vorübergehen
Auch dein geliebtes Haupt gestreift.

Doch reißen auch die zarten Fäden,
Die warme Nacht auf Wiesen spann –
Es ist der Sommer nur, der scheidet;
Was geht denn uns der Sommer an!

Du legst die Hand an meine Stirne
Und schaust mir prüfend ins Gesicht;
Aus deinen milden Frauenaugen
Bricht gar zu melancholisch Licht.

Erlosch auch hier ein Duft, ein Schimmer,
Ein Rätsel, das dich einst bewegt,
Daß du in meine Hand gefangen
Die freie Mädchenhand gelegt?

O schaudre nicht! Ob auch unmerklich
Der schönste Sonnenschein verrann –
Es ist der Sommer nur, der scheidet;
Was geht denn uns der Sommer an!

Oktoberlied

Der Nebel steigt, es fällt das Laub;
Schenk ein den Wein, den holden!
Wir wollen uns den grauen Tag
Vergolden, ja vergolden!

Und geht es draußen noch so toll,
Unchristlich oder christlich,
Ist doch die Welt, die schöne Welt,
So gänzlich unverwüstlich!

Und wimmert auch einmal das Herz –
Stoß an und laß es klingen!
Wir wissen's doch, ein rechtes Herz
Ist gar nicht umzubringen.

Der Nebel steigt, es fällt das Laub;
Schenk ein den Wein, den holden!
Wir wollen uns den grauen Tag
Vergolden, ja vergolden!

Wohl ist es Herbst; doch warte nur,
Doch warte nur ein Weilchen!
Der Frühling kommt, der Himmel lacht,
Es steht die Welt in Veilchen.

Die blauen Tage brechen an,
Und ehe sie verfließen,
Wir wollen sie, mein wackrer Freund,
Genießen, ja genießen!

Im Herbste 1850

Und schauen auch von Turm und Tore
Der Feinde Wappen jetzt herab,
Und rissen sie die Trikolore
Mit wüster Faust von Kreuz und Grab;

Und müßten wir nach diesen Tagen
Von Herd und Heimat bettelnd gehn –
Wir wollen's nicht zu laut beklagen;
Mag, was da muß, mit uns geschehn!

Und wenn wir hülfelos verderben,
Wo keiner unsre Schmerzen kennt,
Wir lassen unsern spätsten Erben
Ein treu besiegelt Testament;

Denn kommen wird das frische Werde,
Das auch bei uns die Nacht besiegt,
Der Tag, wo diese deutsche Erde
Im Ring des großen Reiches liegt.

Ein Wehe nur und eine Schande
Wird bleiben, wenn die Nacht verschwand:
Daß in dem eignen Heimatlande
Der Feind die Bundeshelfer fand;

Daß uns von unsern eignen Brüdern
Der bittre Stoß zum Herzen drang,
Die einst mit deutschen Wiegenliedern
Die Mutter in den Schlummer sang;

Die einst von deutscher Frauen Munde
Der Liebe holden Laut getauscht,
Die in des Vaters Sterbestunde
Mit Schmerz auf deutsches Wort gelauscht.

Nicht viele sind's und leicht zu kennen –
O haltet ein! Ihr dürft sie nicht
In Mitleid noch im Zorne nennen,
Nicht in Geschichte noch Gedicht.

Laßt sie, wenn frei die Herzen klopfen,
Vergessen und verschollen sein,
Und mischet nicht die Wermutstropfen
In den bekränzten deutschen Wein!

Ein Epilog

Ich hab es mir zum Trost ersonnen
In dieser Zeit der schweren Not,
In dieser Blütezeit der Schufte,
In dieser Zeit von Salz und Brot.

Ich zage nicht, es muß sich wenden,
Und heiter wird die Welt erstehn,
Es kann der echte Keim des Lebens
Nicht ohne Frucht verlorengehn.

Der Klang von Frühlingsungewittern,
Von dem wir schauernd sind erwacht,
Von dem noch alle Wipfel rauschen,
Er kommt noch einmal, über Nacht!

Und durch den ganzen Himmel rollen
Wird dieser letzte Donnerschlag;
Dann wird es wirklich Frühling werden
Und hoher, heller, goldner Tag.

Heil allen Menschen, die es hören!
Und Heil dem Dichter, der dann lebt
Und aus dem offnen Schacht des Lebens
Den Edelstein der Dichtung hebt!

1. Januar 1851

Sie halten Siegesfest, sie ziehn die Stadt entlang;
Sie meinen, Schleswig-Holstein zu begraben.
Brich nicht, mein Herz! Noch sollst du Freude haben;
Wir haben Kinder noch, wir haben Knaben,
Und auch wir selber leben, Gott sei Dank!

Weihnachtabend

Die fremde Stadt durchschritt ich sorgenvoll,
Der Kinder denkend, die ich ließ zu Haus.
Weihnachten war's; durch alle Gassen scholl
Der Kinderjubel und des Markts Gebraus.

Und wie der Menschenstrom mich fortgespült,
Drang mir ein heiser Stimmlein in das Ohr:
»Kauft, lieber Herr!« Ein magres Händchen hielt
Feilbietend mir ein ärmlich Spielzeug vor.

Ich schrak empor, und beim Laternenschein
Sah ich ein bleiches Kinderangesicht;
Wes Alters und Geschlechts es mochte sein,
Erkannt ich im Vorübertreiben nicht.

Nur von dem Treppenstein, darauf es saß,
Noch immer hört ich, mühsam, wie es schien:
»Kauft, lieber Herr!« den Ruf ohn Unterlaß;
Doch hat wohl keiner ihm Gehör verliehn.

Und ich? – War's Ungeschick, war es die Scham,
Am Weg zu handeln mit dem Bettelkind?
Eh meine Hand zu meiner Börse kam,
Verscholl das Stimmlein hinter mir im Wind.

Doch als ich endlich war mit mir allein,
Erfaßte mich die Angst im Herzen so,
Als säß mein eigen Kind auf jenem Stein
Und schrie nach Brot, indessen ich entfloh.

Abschied

Kein Wort, auch nicht das kleinste, kann ich sagen,
Wozu das Herz den vollen Schlag verwehrt;
Die Stunde drängt, gerüstet steht der Wagen,
Es ist die Fahrt der Heimat abgekehrt.

Geht immerhin – denn eure Tat ist euer –
Und widerruft, was einst das Herz gebot;
Und kauft, wenn dieser Preis euch nicht zu teuer,
Dafür euch in der Heimat euer Brot!

Ich aber kann des Landes nicht, des eignen,
In Schmerz verstummte Klagen mißverstehn;
Ich kann die stillen Gräber nicht verleugnen,
Wie tief sie jetzt in Unkraut auch vergehn. –

Du, deren zarte Augen mich befragen –
Der dich mir gab, gesegnet sei der Tag!
Laß nur dein Herz an meinem Herzen schlagen,
Und zage nicht! Es ist derselbe Schlag.

Es strömt die Luft – die Knaben stehn und lauschen,
Vom Strand herüber dringt ein Möwenschrei;
Das ist die Flut! Das ist des Meeres Rauschen!
Ihr kennt es wohl; wir waren oft dabei.

Von meinem Arm in dieser letzten Stunde
Blickt einmal noch ins weite Land hinaus,
Und merkt es wohl, es steht auf diesem Grunde,
Wo wir auch weilen, unser Vaterhaus.

Wir scheiden jetzt, bis dieser Zeit Beschwerde
Ein andrer Tag, ein besserer, gesühnt;
Denn Raum ist auf der heimatlichen Erde
Für Fremde nur und was den Fremden dient.

Doch ist's das flehendste von den Gebeten,
Ihr mögt dereinst, wenn mir es nicht vergönnt,
Mit festem Fuß auf diese Scholle treten,
Von der sich jetzt mein heißes Auge trennt! –

Und du, mein Kind, mein jüngstes, dessen Wiege
Auch noch auf diesem teuren Boden stand,
Hör mich! – denn alles andere ist Lüge –
Kein Mann gedeihet ohne Vaterland!

Kannst du den Sinn, den diese Worte führen,
Mit deiner Kinderseele nicht verstehn,
So soll es wie ein Schauer dich berühren
Und wie ein Pulsschlag in dein Leben gehn!

Für meine Söhne

Hehle nimmer mit der Wahrheit!
Bringt sie Leid, nicht bringt sie Reue;
Doch, weil Wahrheit eine Perle,
Wirf sie auch nicht vor die Säue.

Blüte edelsten Gemütes
Ist die Rücksicht; doch zuzeiten
Sind erfrischend wie Gewitter
Goldne Rücksichtslosigkeiten.

Wackrer heimatlicher Grobheit
Setze deine Stirn entgegen;
Artigen Leutseligkeiten
Gehe schweigend aus den Wegen.

Wo zum Weib du nicht die Tochter
Wagen würdest zu begehren,
Halte dich zu wert, um gastlich
In dem Hause zu verkehren.

Was du immer kannst, zu werden,
Arbeit scheue nicht und Wachen;
Aber hüte deine Seele
Vor dem Karrieremachen.

Wenn der Pöbel aller Sorte
Tanzet um die goldnen Kälber,
Halte fest: du hast vom Leben
Doch am Ende nur dich selber.

Trost

So komme, was da kommen mag!
Solang du lebest, ist es Tag.

Und geht es in die Welt hinaus,
Wo du mir bist, bin ich zu Haus.

Ich seh dein liebes Angesicht,
Ich sehe die Schatten der Zukunft nicht.

Gedenkst du noch?

Gedenkst du noch, wenn in der Frühlingsnacht
Aus unserm Kammerfenster wir hernieder
Zum Garten schauten, wo geheimnisvoll
Im Dunkel dufteten Jasmin und Flieder?
Der Sternenhimmel über uns so weit,
Und du so jung; unmerklich geht die Zeit.

Wie still die Luft! Des Regenpfeifers Schrei
Scholl klar herüber von dem Meeresstrande;
Und über unsrer Bäume Wipfel sahn
Wir schweigend in die dämmerigen Lande.
Nun wird es wieder Frühling um uns her,
Nur eine Heimat haben wir nicht mehr.

Nun horch ich oft, schlaflos in tiefer Nacht,
Ob nicht der Wind zur Rückfahrt möge wehen.
Wer in der Heimat erst sein Haus gebaut,
Der sollte nicht mehr in die Fremde gehen!
Nach drüben ist sein Auge stets gewandt:
Doch eines blieb – wir gehen Hand in Hand.

Du warst es doch

In buntem Zug zum Walde ging's hinaus;
Du bei den Kindern bliebst allein zu Haus.
Und draußen haben wir getanzt, gelacht,
Und kaum, so war mir, hatt ich dein gedacht. –
Nun kommt der Abend, und die Zeit beginnt,
Wo auf sich selbst die Seele sich besinnt;
Nun weiß ich auch, was mich so froh ließ sein,
Du warst es doch, und du nur ganz allein.

Schlaflos

Aus Träumen in Ängsten bin ich erwacht;
Was singt doch die Lerche so tief in der Nacht!

Der Tag ist gegangen, der Morgen ist fern,
Aufs Kissen hernieder scheinen die Stern'.

Und immer hör ich den Lerchengesang;
O Stimme des Tages, mein Herz ist bang.

Heimweh – nicht nur nach einer Landschaft

Verloren

Was Holdes liegt mir in dem Sinn,
Das ich vor Zeit einmal besessen;
Ich weiß nicht, wo es kommen hin,
Auch, was es war, ist mir vergessen.
Vielleicht – am fernen Waldesrand,
Wo ich am lichten Junimorgen
– Die Kinder klein und klein die Sorgen –
Mit dir gesessen Hand in Hand,
Indes vom Fels die Quelle tropfte,
Die Amsel schallend schlug im Grund,
Mein Herz in gleichen Schlägen klopfte
Und glücklich lächelnd schwieg dein Mund;
In grünen Schatten lag der Ort –
Wenn nur der weite Raum nicht trennte,
Wenn ich nur dort hinüberkönnte,
Wer weiß! – vielleicht noch fänd ich's dort.

Liegt eine Zeit zurück

Liegt eine Zeit zurück in meinem Leben –
Wie die verlaßne Heimat schaut sie aus –,
Wohin im Heimweh die Gedanken streben;
Du kennst sie wohl; auch du warst dort zu Haus.

O folge mir, und laß dich heimatwärts
Durch mein Gedicht zu lieben Stunden bringen,
Die alte Zeit mit neu erregten Schwingen
Noch einmal schlagen an dein friedlich Herz!

Frauen-Ritornelle

Blühende Myrte –
Ich hoffte süße Frucht von dir zu pflücken;
Die Blüte fiel; nun seh ich, daß ich irrte.

Schnell welkende Winden –
Die Spur von meinen Kinderfüßen sucht ich
An eurem Zaun, doch konnt ich sie nicht finden.

Muskathyazinthen –
Ihr blühtet einst in Urgroßmutters Garten;
Das war ein Platz, weltfern, weit, weit dahinten.

Dunkle Zypressen –
Die Welt ist gar zu lustig;
Es wird doch alles vergessen.

Westermühlen

Die Heimat hier und hier dein erster Traum!
Das Mühlrad rauscht, so lustig stäubt der Schaum,
Und unten blinkt der Bach in tiefem Schweigen,
Ein Spiegelgrund, drin blau der Himmel ruht.
Vom Ufer rings mit ihren dunklen Zweigen
Taucht sich die Erle in die klare Flut.
Horch, Peitschenknall und muntrer Pferdetrab!
Die Räder knirschen durch den feuchten Sand.
Halt an, halt an! Nun sacht den Berg hinab
Und durch den Bach zum andern Uferrand.
Dann wieder aufwärts links den Weg entlang
Hinauf zur Mühle mit des Kornes Last,
Wo von der Eiche unermüdlich klang
Der Stare fröhlich Plaudern hoch vom Ast.
Zehn Schritte noch, da steht im Schattengrunde
Der Linden halbversteckt das Müllerhaus;
Der Müller mit der Tabakspfeif' im Munde
Lehnt in der Tür und schaut behaglich aus.

Abseits

Es ist so still; die Heide liegt
Im warmen Mittagssonnenstrahle,
Ein rosenroter Schimmer fliegt
Um ihre alten Gräbermale;
Die Kräuter blühn; der Heideduft
Steigt in die blaue Sommerluft.

Laufkäfer hasten durchs Gesträuch
In ihren goldnen Panzerröckchen,
Die Bienen hängen Zweig um Zweig
Sich an der Edelheide Glöckchen,
Die Vögel schwirren aus dem Kraut –
Die Luft ist voller Lerchenlaut.

Ein halbverfallen niedrig Haus
Steht einsam hier und sonnbeschienen;
Der Kätner lehnt zur Tür hinaus,
Behaglich blinzelnd nach den Bienen;
Sein Junge auf dem Stein davor
Schnitzt Pfeifen sich aus Kälberrohr.

Kaum zittert durch die Mittagsruh
Ein Schlag der Dorfuhr, der entfernten;
Dem Alten fällt die Wimper zu,
Er träumt von seinen Honigernten.
– Kein Klang der aufgeregten Zeit
Drang noch in diese Einsamkeit.

Im Walde

Hier an der Bergeshalde
Verstummet ganz der Wind;
Die Zweige hängen nieder,
Darunter sitzt das Kind.

Sie sitzt in Thymiane,
Sie sitzt in lauter Duft;
Die blauen Fliegen summen
Und blitzen durch die Luft.

Es steht der Wald so schweigend,
Sie schaut so klug darein;
Um ihre braunen Locken
Hinfließt der Sonnenschein.

Der Kuckuck lacht von ferne,
Es geht mir durch den Sinn:
Sie hat die goldnen Augen
Der Waldeskönigin.

Lucie

Ich seh sie noch, ihr Büchlein in der Hand,
Nach jener Bank dort an der Gartenwand
Vom Spiel der andern Kinder sich entfernen;
Sie wußte wohl, es mühte sie das Lernen.

Nicht war sie klug, nicht schön; mir aber war
Ihr blaß Gesichtchen und ihr blondes Haar,
Mir war es lieb; aus der Erinnrung Düster
Schaut es mich an; wir waren recht Geschwister.

Ihr schmales Bettchen teilte sie mit mir,
Und nächtens Wang an Wange schliefen wir;
Das war so schön! Noch weht ein Kinderfrieden
Mich an aus jenen Zeiten, die geschieden.

Ein Ende kam; – ein Tag, sie wurde krank
Und lag im Fieber viele Wochen lang;
Ein Morgen dann, so sanft die Winde gingen,
Da ging sie heim; es blühten die Syringen.

Die Sonne schien; ich lief ins Feld hinaus
Und weinte laut; dann kam ich still nach Haus.
Wohl zwanzig Jahr und drüber sind vergangen –
An wieviel anderm hat mein Herz gehangen!

Was hab ich heute denn nach dir gebangt?
Bist du mir nah und hast nach mir verlangt?
Willst du, wie einst nach unsern Kinderspielen,
Mein Knabenhaupt an deinem Herzen fühlen?

Eine Fremde

Sie saß in unserm Mädchenkreise,
Ein Stern am Frauen-Firmament;
Sie sprach in unsres Volkes Weise,
Nur leis, mit klagendem Akzent.
Du hörtest niemals heimverlangen
Den stolzen Mund der schönen Frau;
Nur auf den südlich blassen Wangen
Und über der gewölbten Brau'
Lag noch Granadas Mondenschimmer,
Den sie vertauscht um unsern Strand;
Und ihre Augen dachten immer
An ihr beglänztes Heimatland.

Gartenspuk

Daheim noch war es; spät am Nachmittag.
Im Steinhof unterm Laub des Eschenbaums
Ging schon der Zank der Sperlinge zur Ruh;
Ich, an der Hoftür, stand und lauschte noch,
Wie Laut um Laut sich mühte und entschlief.
Der Tag war aus; schon vom Levkojenbeet
Im Garten drüben kam der Abendduft;
Die Schatten fielen; bläulich im Gebüsch
Wie Nebel schwamm es. Träumend blieb ich stehn,
Gedankenlos, und sah den Steig hinab;
Und wieder sah ich – und ich irrte nicht –
Tief unten, wo im Grund der Birnbaum steht,
Langsam ein Kind im hohen Grase gehen;
Ein Knabe schien's, im grauen Kittelchen.
Ich kannt es wohl, denn schon zum öftern Mal
Sah dort im Dämmer ich so holdes Bild;
Die Abendstille schien es herzubringen,
Doch näher tretend fand man es nicht mehr.
Nun ging es wieder, stand und ging umher,
Als freu es sich der Garteneinsamkeit. –
Ich aber, diesmal zu beschleichen es,
Ging leise durch den Hof und seitwärts dann
Im Schatten des Holunderzauns entlang,
Sorgsam die Schritte messend; einmal nur
Nach einer Erdbeerranke bückt ich mich,
Die durch den Weg hinausgelaufen war.
Schon schlüpft ich bei der Geißblattlaube durch;
Ein Schritt noch ums Gebüsch, so war ich dort,
Und mit den Händen mußt ich's greifen können.
Umsonst! – Als ich den letzten Schritt getan,
Da war es wieder wie hinweggetäuscht.

Still stand das Gras, und durch den grünen Raum
Flog surrend nur ein Abendschmetterling;
Auch an den Linden, an den Fliederbüschen,
Die ringsum standen, regte sich kein Blatt.
Nachsinnend schritt ich auf dem Rasen hin
Und suchte töricht nach der Füßchen Spur
Und nach den Halmen, die ihr Tritt geknickt;
Dann endlich trat ich aus der Gartentür,
Um draußen auf dem Deich den schwülen Tag
Mit einem Gang im Abendwind zu schließen.
Doch als ich schon die Pforte zugedrückt,
Den Schlüssel abzog, fiel ein Sonnenriß,
Der in der Planke war, ins Auge mir;
Und fast unachtsam lugte ich hindurch.
Dort lag der Rasen, tief im Schatten schon;
Und sieh! Da war es wieder, unweit ging's,
Grasrispen hatt es in die Hand gepflückt;
Ich sah es deutlich ... In sein blaß Gesichtchen
Fiel schlicht das Haar; die Augen sah man nicht,
Sie blickten erdwärts, gern, so schien's,
betrachtend,
Was dort geschah; doch lächelte der Mund.
Und nun an einem Eichlein kniet' es hin,
Das spannenhoch kaum aus dem Grase sah
– Vom Walde hatt ich jüngst es heimgebracht –,
Und legte sacht ein welkes Blatt beiseit
Und strich liebkosend mit der Hand daran.
Darauf – kaum nur vermocht ich's zu erkennen;
Denn Abend ward es, doch ich sah's genau –
Ein Käfer klomm den zarten Stamm hinauf,
Bis endlich er das höchste Blatt erreicht;
Er hatte wohl den heißen Tag verschlafen
Und rüstete sich nun zum Abendflug.
Rückwärts die Händchen ineinanderlegend,
Behutsam sah das Kind auf ihn herab.
Schon putzte er die Fühler, spannte schon

Die Flügeldecken aus, ein Weilchen, und
Nun flog er fort. Da nickt' es still ihm nach.

Ich aber dachte: ›Rühre nicht daran!‹
Hob leis die Stirn und ging den Weg hinab,
Den Garten lassend in so holder Hut.
Nicht merkt ich, daß einsam die Wege wurden,
Daß feucht vom Meere strich die Abendluft;
Erfüllet ganz von süßem Heimgefühl
Ging weit ich in die Dunkelheit hinaus.

Da fiel ein Stern; und plötzlich mahnt' es mich
Des Augenblicks, da ich das Haus verließ,
Die Hand entreißend einer zarteren,
Die drin im Flur mich festzuhalten strebte;
Denn schon selbander hausete ich dort. –
Nun ging ich raschen Schritts den Weg zurück;
Und als ich spät, da schon der Wächter rief,
Heimkehrend wieder durch den Garten schritt,
Hing stumm die Finsternis in Halm und Zweigen,
Die Kronen kaum der Bäume rauschten leis.
Vom Hause her nur, wo im Winkel dort
Der Nußbaum vor dem Kammerfenster steht,
Verstohlen durch die Zweige schien ein Licht.
Ein Weilchen noch, und sieh! ein Schatten fiel,
Ein Fenster klang, und in die Nacht hinaus
Rief eine Stimme: »Bist du's?« – »Ja, ich bin's!«

Die Zeit vergeht; längst bin ich in der Fremde,
Und Fremde hausen, wo mein Erbe steht.
Doch bin ich einmal wieder dort gewesen;
Mir nicht zur Freude und den andern nicht.
Einmal auch in der Abenddämmerung
Geriet ich in den alten Gartenweg.
Da stand die Planke; wie vor Jahren schon
Hing noch der Linden schön Gezweig herab;

Von drüben kam Resedaduft geweht,
Und Dämmrungsfalter flogen durch die Luft.
Ging's noch so hold dort in der Abendstunde? –
Fest und verschlossen stand die Gartentür;
Dahinter stumm lag die vergangne Zeit.
Ausstreckt ich meine Arme; denn mir war,
Als sei im Rasen dort mein Herz versenkt. –
Da fiel mein Aug auf jenen Sonnenriß,
Der noch, wie ehmals, ließ die Durchsicht frei.
Schon hatt ich zögernd einen Schritt getan;
Noch einmal blicken wollt ich in den Raum,
Darin ich sonst so festen Fußes ging.
Nicht weiter kam ich. Siedend stieg mein Blut,
Mein Aug ward dunkel; Grimm und Heimweh stritten
Sich um mein Herz; und endlich, leidbezwungen,
Ging ich vorüber. Ich vermocht es nicht.

Waldweg
Fragment

Durch einen Nachbarsgarten ging der Weg,
Wo blaue Schlehn im tiefen Grase standen;
Dann durch die Hecke über schmalen Steg
Auf eine Wiese, die an allen Randen
Ein hoher Zaun vielfarb'gen Laubs umzog;
Buscheichen unter wilden Rosenbüschen,
Um die sich frei die Geißblattranke bog,
Brombeergewirr und Hülsendorn dazwischen;
Vorbei an Farrenkräutern wob der Eppich
Entlang des Walles seinen dunklen Teppich.
Und vorwärtsschreitend störte bald mein Tritt
Die Biene auf, die um die Distel schwärmte,
Bald hörte ich, wie durch die Gräser glitt
Die Schlange, die am Sonnenstrahl sich wärmte.
Sonst war es kirchenstill in alle Weite,
Kein Vogel hörbar; nur an meiner Seite
Sprang schnaufend ab und zu des Oheims Hund;
Denn nicht allein wär ich um solche Zeit
Gegangen zum entlegnen Waldesgrund;
Mir graute vor der Mittagseinsamkeit. –
Heiß war die Luft, und alle Winde schliefen;
Und vor mir lag ein sonnig offner Raum,
Wo quer hindurch schutzlos die Steige liefen.
Wohl hatt ich's sauer und ertrug es kaum;
Doch rascher schreitend überwand ich's bald.
Dann war ein Bach, ein Wall zu überspringen;
Dann noch ein Steg, und vor mir lag der Wald,
In dem schon herbstlich rot die Blätter hingen.
Und drüberher, hoch in der blauen Luft,
Stand beutesüchtig ein gewalt'ger Weih,
Die Flügel schlagend durch den Sonnenduft;

Tief aus der Holzung scholl des Hähers Schrei.
Herbstblätterduft und Tannenharzgeruch
Quoll mir entgegen schon auf meinem Wege,
Und dort im Walle schimmerte der Bruch,
Durch den ich meinen Pfad nahm ins Gehege.
Schon streckten dort gleich Säulen der Kapelle
Ans Laubgewölb die Tannenstämme sich;
Dann war's erreicht, und wie an Kirchenschwelle
Umschauerte die Schattenkühle mich.

Morgane

An regentrüben Sommertagen,
Wenn Luft und Flut zusammenragen
Und ohne Regung schläft die See,
Dann steht an unserm grauen Strande
Das Wunder aus dem Morgenlande,
Morgane, die berufne Fee.

Arglistig halb und halb von Sinne,
Verschmachtend nach dem Kelch der Minne,
Der stets an ihrem Mund versiegt,
Umgaukelt sie des Wandrers Pfade
Und lockt ihn an ein Scheingestade,
Das in des Todes Reichen liegt.

Von ihrem Zauberspiel geblendet,
Ruht manches Haupt in Nacht gewendet,
Begraben in der Wüste Schlucht;
Denn ihre Liebe ist Verderben,
Ihr Hauch ist Gift, ihr Kuß ist Sterben,
Die schönen Augen sind verflucht.

So steht sie jetzt im hohen Norden
An unsres Meeres dunklen Borden,
So schreibt sie fingernd in den Dunst;
Und quellend aus den luft'gen Spuren
Erstehn in dämmernden Konturen
Die Bilder ihrer argen Kunst.

Doch hebt sich nicht wie dort im Süden
Auf rosigen Karyatiden
Ein Wundermärchenschloß ins Blau;

Nur einer Hauberg graues Bildnis
Schwimmt einsam in der Nebelwildnis,
Und keinen lockt der Hexenbau.

Bald wechselt sie die dunkle Küste
Mit Libyens sonnengelber Wüste
Und mit der Tropenwälder Duft;
Dann bläst sie lachend durch die Hände,
Dann schwankt das Haus, und Fach und Wände
Verrinnen quirlend in die Luft.

Sturmnacht

Im Hinterhaus, im Fliesensaal
Über Urgroßmutters Tisch' und Bänke,
Über die alten Schatullen und Schränke
Wandelt der zitternde Mondenstrahl.
Vom Wald kommt der Wind
Und fährt an die Scheiben;
Und geschwind, geschwind
Schwatzt er ein Wort,
Und dann wieder fort
Zum Wald über Föhren und Eiben.

Da wird auch das alte verzauberte Holz
Da drinnen lebendig;
Wie sonst im Walde will es stolz
Die Kronen schütteln unbändig,
Mit den Ästen greifen hinaus in die Nacht,
Mit dem Sturm sich schaukeln in brausender Jagd,
Mit den Blättern in Übermut rauschen,
Bei Tanz im Flug
Durch Wolkenzug
Mit dem Mondlicht silberne Blicke tauschen.

Da müht sich der Lehnstuhl, die Arme zu recken,
Den Rokokofuß will das Kanapee strecken,
In der Kommode die Schubfächer drängen
Und wollen die rostigen Schlösser sprengen;
Der Eichschrank unter dem kleinen Troß
Steht da, ein finsterer Koloß.
Traumhaft regt er die Klauen an,
Ihm zuckt's in der verlornen Krone;
Doch bricht er nicht den schweren Bann. –

Und draußen pfeift ihm der Wind zum Hohne
Und fährt an die Läden und rüttelt mit Macht,
Bläst durch die Ritzen, grunzt und lacht,
Schmeißt die Fledermäuse, die kleinen Gespenster,
Klitschend gegen die rasselnden Fenster.
Die glupen dumm neugierig hinein –
Da drinn' steht voll der Mondenschein.

Aber droben im Haus
Im behaglichen Zimmer
Beim Sturmgebraus
Saßen und schwatzten die Alten noch immer,
Nicht hörend, wie drunten die Saaltür sprang,
Wie ein Klang war erwacht
Aus der einsamen Nacht,
Der schollernd drang
Über Trepp' und Gang,
Daß drin in der Kammer die Kinder mit Schrecken
Auffuhren und schlüpften unter die Decken.

In Bulemanns Haus

Es klippt auf den Gassen im Mondenschein;
Das ist die zierliche Kleine,
Die geht auf ihren Pantöffelein
Behend und mutterseelenallein
Durch die Gassen im Mondenscheine.

Sie geht in ein alt verfallenes Haus;
Im Flur ist die Tafel gedecket,
Da tanzt vor dem Monde die Maus mit der Maus,
Da setzt sich das Kind mit den Mäusen zum
Schmaus,
Die Tellerlein werden gelecket.

Und leer sind die Schüsseln; die Mäuslein im Nu
Verrascheln in Mauer und Holze;
Nun läßt es dem Mägdlein auch länger nicht Ruh,
Sie schüttelt ihr Kleidchen, sie schnürt sich die
Schuh,
Dann tritt sie einher mit Stolze.

Es leuchtet ein Spiegel aus goldnem Gestell,
Da schaut sie hinein mit Lachen;
Gleich schaut auch heraus ein Mägdelein hell,
Das ist ihr einziger Spielgesell;
Nun wolln sie sich lustig machen.

Sie nickt voll Huld, ihr gehört ja das Reich;
Da neigt sich das Spiegelkindlein,
Da neigt sich das Kind vor dem Spiegel zugleich,
Da neigen sich beide gar anmutreich,
Da lächeln die rosigen Mündlein.

Und wie sie lächeln, so hebt sich der Fuß,
Es rauschen die seidenen Röcklein,
Die Händchen werfen sich Kuß um Kuß,
Das Kind mit dem Kinde nun tanzen muß,
Es tanzen im Nacken die Löcklein.

Der Mond scheint voller und voller herein,
Auf dem Estrich gaukeln die Flimmer:
Im Takte schweben die Mägdelein,
Bald tauchen sie tief in die Schatten hinein,
Bald stehn sie in bläulichem Schimmer.

Nun sinken die Glieder, nun halten sie an
Und atmen aus Herzensgrunde;
Sie nahen sich schüchtern und beugen sich dann
Und knien voreinander und rühren sich an
Mit dem zarten unschuldigen Munde.

Doch müde werden die beiden allein
Von all der heimlichen Wonne;
Sehnsüchtig flüstert das Mägdelein:
»Ich mag nicht mehr tanzen im Mondenschein,
Ach, käm doch endlich die Sonne!«

Sie klettert hinunter ein Trepplein schief
Und schleicht hinab in den Garten.
Die Sonne schlief, und die Grille schlief.
»Hier will ich sitzen im Grase tief,
Und der Sonne will ich warten.«

Doch als nun morgens um Busch und Gestein
Verhuschet das Dämmergemunkel,
Da werden dem Kinde die Äugelein klein;
Sie tanzte zu lange bei Mondenschein,
Nun schläft sie bei Sonnengefunkel.

Nun liegt sie zwischen den Blumen dicht
Auf grünem, blitzendem Rasen;
Und es schauen ihr in das süße Gesicht
Die Nachtigall und das Sonnenlicht
Und die kleinen neugierigen Hasen.

Weihnachtslied

Vom Himmel in die tiefsten Klüfte
Ein milder Stern herniederlacht;
Vom Tannenwalde steigen Düfte
Und hauchen durch die Winterlüfte,
Und kerzenhelle wird die Nacht.

Mir ist das Herz so froh erschrocken,
Das ist die liebe Weihnachtszeit!
Ich höre fernher Kirchenglocken
Mich lieblich heimatlich verlocken
In märchenstille Herrlichkeit.

Ein frommer Zauber hält mich wieder,
Anbetend, staunend muß ich stehn;
Es sinkt auf meine Augenlider
Ein goldner Kindertraum hernieder,
Ich fühl's, ein Wunder ist geschehn.

Ostern

Es war daheim auf unserm Meeresdeich;
Ich ließ den Blick am Horizonte gleiten,
Zu mir herüber scholl verheißungsreich
Mit vollem Klang das Osterglockenläuten.

Wie brennend Silber funkelte das Meer,
Die Inseln schwammen auf dem hohen Spiegel,
Die Möwen schossen blendend hin und her,
Eintauchend in die Flut die weißen Flügel.

Im tiefen Kooge bis zum Deichesrand
War sammetgrün die Wiese aufgegangen;
Der Frühling zog prophetisch über Land,
Die Lerchen jauchzten und die Knospen sprangen. –

Entfesselt ist die urgewalt'ge Kraft,
Die Erde quillt, die jungen Säfte tropfen,
Und alles treibt, und alles webt und schafft,
Des Lebens vollste Pulse hör ich klopfen.

Der Flut entsteigt der frische Meeresduft;
Vom Himmel strömt die goldne Sonnenfülle;
Der Frühlingswind geht klingend durch die Luft
Und sprengt im Flug des Schlummers letzte Hülle.

O wehe fort, bis jede Knospe bricht,
Daß endlich uns ein ganzer Sommer werde;
Entfalte dich, du gottgebornes Licht,
Und wanke nicht, du feste Heimaterde! –

Hier stand ich oft, wenn in Novembernacht
Aufgor das Meer zu gischtbestäubten Hügeln,
Wenn in den Lüften war der Sturm erwacht,
Die Deiche peitschend mit den Geierflügeln.

Und jauchzend ließ ich an der festen Wehr
Den Wellenschlag die grimmen Zähne reiben;
Denn machtlos, zischend schoß zurück das Meer –
Das Land ist unser, unser soll es bleiben!

Die Stadt

Am grauen Strand, am grauen Meer
Und seitab liegt die Stadt;
Der Nebel drückt die Dächer schwer,
Und durch die Stille braust das Meer
Eintönig um die Stadt.

Es rauscht kein Wald, es schlägt im Mai
Kein Vogel ohn Unterlaß;
Die Wandergans mit hartem Schrei
Nur fliegt in Herbstesnacht vorbei,
Am Strande weht das Gras.

Doch hängt mein ganzes Herz an dir,
Du graue Stadt am Meer;
Der Jugend Zauber für und für
Ruht lächelnd doch auf dir, auf dir,
Du graue Stadt am Meer.

Meeresstrand

Ans Haff nun fliegt die Möwe,
Und Dämmrung bricht herein;
Über die feuchten Watten
Spiegelt der Abendschein.

Graues Geflügel huschet
Neben dem Wasser her;
Wie Träume liegen die Inseln
Im Nebel auf dem Meer.

Ich höre des gärenden Schlammes
Geheimnisvollen Ton,
Einsames Vogelrufen –
So war es immer schon.

Noch einmal schauert leise
Und schweiget dann der Wind;
Vernehmlich werden die Stimmen,
Die über der Tiefe sind.

Über die Heide

Über die Heide hallet mein Schritt;
Dumpf aus der Erde wandert es mit.

Herbst ist gekommen, Frühling ist weit –
Gab es denn einmal selige Zeit?

Brauende Nebel geisten umher;
Schwarz ist das Kraut und der Himmel so leer.

Wär ich hier nur nicht gegangen im Mai!
Leben und Liebe – wie flog es vorbei!

An Wilhelm Jensen

Es ist der Wind, der alte Heimatslaut,
Nach dem das Kind mit großen Augen schaut,

Bei dem es einschläft, wenn er weitersummt,
Der es erweckt, wenn jählings er verstummt;

Bei dessen Schauern Baum und Strauch erbebt
Und tiefer in den Grund die Wurzeln gräbt –

Was bist du anders denn als Baum und Strauch?
Du keimst, du blühst und du verwelkest auch!

Leben im Zeichen des Todes

Wie wenn das Lebens wär nichts andres

> Natur, du kannst mich nicht vernichten,
> Weil es dich selbst vernichten heißt.
> *Hebbel*

Wie wenn das Leben wär nichts andres
Als das Verbrennen eines Lichts!
Verloren geht kein einzig Teilchen,
Jedoch wir selber gehn ins Nichts!

Denn was wir Leib und Seele nennen,
So fest in eins gestaltet kaum,
Es löst sich auf in Tausendteilchen
Und wimmelt durch den öden Raum.

Es waltet stets dasselbe Leben,
Natur geht ihren ew'gen Lauf;
In tausend neuerschaffnen Wesen
Stehn diese tausend Teilchen auf.

Das Wesen aber ist verloren,
Das nur durch ihren Bund bestand,
Wenn nicht der Zufall die verstäubten
Aufs neu zu einem Sein verband.

Grösser werden die Menschen nicht

Größer werden die Menschen nicht;
Doch unter den Menschen
Größer und größer wächst
Die Welt des Gedankens.
Strengeres fodert jeglicher Tag
Von den Lebenden.
Und so sehen es alle,
Die zu sehen verstehn,
Aus dem seligen Glauben des Kreuzes
Bricht ein andrer hervor,
Selbstloser und größer.
Dessen Gebot wird sein:
Edel lebe und schön,
Ohne Hoffnung künftigen Seins
Und ohne Vergeltung,
Nur um der Schönheit des Lebens willen.

Crucifixus

Am Kreuz hing sein gequält Gebeine,
Mit Blut besudelt und geschmäht;
Dann hat die stets jungfräulich reine
Natur das Schreckensbild verweht.

Doch die sich seine Jünger nannten,
Die formten es in Erz und Stein,
Und stellten's in des Tempels Düster
Und in die lichte Flur hinein.

So, jedem reinen Aug ein Schauder,
Ragt es herein in unsre Zeit;
Verewigend den alten Frevel,
Ein Bild der Unversöhnlichkeit.

An deines Kreuzes Stamm
Fragment

An deines Kreuzes Stamm, o Jesu Christ,
Hab ich mein sorgenschweres Haupt gelehnt;
Doch Trost und Kraft kam nicht von dir herab;
[..........]
Du hattest weder Weib noch Kind, du warst
Ein halber Mensch nur; unseres Lebens Kern
Hast du nur halb erprobt; was uns die Welt,
Uns Lebenden, an Ungeheurem auflegt,
Du hast es nicht gekannt; dein Opfer war
Ein halbes nur. – Wärst du getreu befunden,
Wenn man dein Weib, dein Kind ans Kreuz geschlagen?
Die Antwort bliebst du schuldig. – Wohl mit Dank,
Mit Liebe blick ich zu dir [.....]
[.....]   doch mich erlösen,
Das kannst du nicht. – Einsamer Qualen voll
Neig ich das Haupt; da legt sich lebenswarm
Ans Herz mir eine vielgeliebte Last;
[.....] und wie sie sich fassen,
Fühl ich den Ring des Lebens fest geschlossen
Gleich einer Mauer gegen Tod und Lüge.
Ich bin getröstet. – Komm, geliebtes Weib,
Wir müssen [unser] eigner Heiland sein.

Im Zeichen des Todes

Noch war die Jugend mein, die schöne, ganze,
Ein Morgen nur, ein Gestern gab es nicht;
Da sah der Tod im hellsten Sonnenglanze,
Mein Haar berührend, mir ins Angesicht.

Die Welt erlosch, der Himmel brannte trübe;
Ich sprang empor entsetzt und ungestüm.
Doch er verschwand; die Ewigkeit der Liebe
Lag vor mir noch und trennte mich von ihm.

Und heute nun – im sonnigen Gemache
Zur Rechten und zur Linken schlief mein Kind;
Des zarten Atems lauschend, hielt ich Wache,
Und an den Fenstern ging der Sommerwind.

Da sanken Nebelschleier dicht und dichter
Auf mich herab; kaum schienen noch hervor
Der Kinder schlummerselige Gesichter,
Und nicht mehr drang ihr Atem an mein Ohr.

Ich wollte rufen; doch die Stimme keuchte,
Bis hell die Angst aus meinem Herzen schrie.
Vergebens doch; kein Schrei der Angst erreichte,
Kein Laut der Liebe mehr erreichte sie.

In grauer Finsternis stand ich verlassen,
Bewegungslos und schauernden Gebeins;
Ich fühlte kalt mein schlagend Herz erfassen,
Und ein entsetzlich Auge sank in meins.

Ich floh nicht mehr; ich fesselte das Grauen
Und faßte mühsam meines Auges Kraft;
Dann überkam vorahnend mich Vertrauen
Zu dem, der meine Sinne hielt in Haft.

Und als ich fest den Blick zurückgegeben,
Lag plötzlich tief zu Füßen mir die Welt;
Ich sah mich hoch und frei ob allem Leben
An deiner Hand, furchtbarer Fürst, gestellt.

Den Dampf der Erde sah empor ich streben
Und ballen sich zu Mensch- und Tiergestalt;
Sah es sich schütteln, tasten, sah es leben
Und taumeln dann und schwinden alsobald.

Im fahlen Schein im Abgrund sah ich's liegen
Und sah sich's regen in der Städte Rauch;
Ich sah es wimmeln, hasten, sich bekriegen
Und sah mich selbst bei den Gestalten auch.

Und niederschauend von des Todes Warte,
Kam mir der Drang, das Leben zu bestehn,
Die Lust, dem Feind, der unten meiner harrte,
Mit vollem Aug ins Angesicht zu sehn.

Und kühlen Hauches durch die Adern rinnen
Fühlt ich die Kraft, entgegen Lust und Schmerz
Vom Leben fest mich selber zu gewinnen,
Wenn andres nicht, so doch ein ganzes Herz. –

Da fühlt ich mich im Sonnenlicht erwachen;
Es dämmerte, verschwebte und zerrann;
In meine Ohren klang der Kinder Lachen,
Und frische, blaue Augen sahn mich an.

O schöne Welt! So sei in ernstem Zeichen
Begonnen denn der neue Lebenstag!
Es wird die Stirn nicht allzusehr erbleichen,
Auf der, o Tod, dein dunkles Auge lag.

Ich fühle tief, du gönnetest nicht allen
Dein Angesicht; sie schauen dich ja nur,
Wenn sie dir taumelnd in die Arme fallen,
Ihr Los erfüllend gleich der Kreatur.

Mich aber laß unirren Augs erblicken,
Wie sie, von keiner Ahnung angeweht,
Brutalen Sinns ihr nichtig Werk beschicken,
Unkundig deiner stillen Majestät.

Beginn des Endes

Ein Punkt nur ist es, kaum ein Schmerz,
Nur ein Gefühl, empfunden eben;
Und dennoch spricht es stets darein,
Und dennoch stört es dich zu leben.

Wenn du es andern klagen willst,
So kannst du's nicht in Worte fassen.
Du sagst dir selber: »Es ist nichts!«
Und dennoch will es dich nicht lassen.

So seltsam fremd wird dir die Welt,
Und leis verläßt dich alles Hoffen,
Bis du es endlich, endlich weißt,
Daß dich des Todes Pfeil getroffen.

Hier begab
ich mich
zur Ruh
und klappte
die Epistel zu.

Hannelore
Krasser

Nur heute ist

Nur heute ist, und morgen ist zu spät!
Hast du ein Weib, so nimm sie in den Arm
Und hauch's ihr ein, daß sie es auch versteht.

Fällt auf ihr Antlitz dann des Abgrunds Schein,
Der heut noch oder morgen euch begräbt,
Getrost! nur um so schöner wird sie sein.

Und bebt ihr Herz, dann halte sie so fest,
Daß ihr zusammen in die Tiefe stürzt.
Was wollt ihr mehr! – Und Schweigen ist der Rest.

Einer Toten

1

Du glaubtest nicht an frohe Tage mehr,
Verjährtes Leid ließ nimmer dich genesen;
Die Mutterfreude war für dich zu schwer,
Das Leben war dir gar zu hart gewesen. –

Er saß bei dir in letzter Liebespflicht;
Noch eine Nacht, noch eine war gegeben!
Auch die verrann; dann kam das Morgenlicht.
»Mein guter Mann, wie gerne wollt ich leben!«

Er hörte still die sanften Worte an,
Wie sie sein Ohr in bangen Pausen trafen:
»Sorg für das Kind – ich sterbe, süßer Mann.«
Dann halb verständlich noch: »Nun will ich
schlafen.«

Und dann nichts mehr; – du wurdest nimmer
wach,
Dein Auge brach, die Welt ward immer trüber;
Der Atem Gottes wehte durchs Gemach,
Dein Kind schrie auf, und dann warst du
hinüber.

2

Das aber kann ich nicht ertragen,
Daß so wie sonst die Sonne lacht;
Daß wie in deinen Lebenstagen
Die Uhren gehn, die Glocken schlagen,
Einförmig wechseln Tag und Nacht;

Daß, wenn des Tages Lichter schwanden,
Wie sonst der Abend uns vereint;
Und daß, wo sonst dein Stuhl gestanden,
Schon andre ihre Plätze fanden,
Und nichts dich zu vermissen scheint;

Indessen von den Gitterstäben
Die Mondesstreifen schmal und karg
In deine Gruft hinunterweben
Und mit gespenstig trübem Leben
Hinwandeln über deinen Sarg.

Ein Grab schon weiset manche Stelle

Ein Grab schon weiset manche Stelle,
Und manches liegt in Traum und Duft;
Nun sprudle, frische Lebensquelle,
Und rausche über Grab und Kluft!

O bleibe treu den Toten

O bleibe treu den Toten,
Die lebend du betrübt;
O bleibe treu den Toten,
Die lebend dich geliebt!

Sie starben; doch sie blieben
Auf Erden wesenlos,
Bis allen ihren Lieben
Der Tod die Augen schloß.

Indessen du dich herzlich
In Lebenslust versenkst,
Wie sehnen sie sich schmerzlich,
Daß ihrer du gedenkst!

Sie nahen dir in Liebe,
Allein du fühlst es nicht;
Sie schaun dich an so trübe,
Du aber siehst es nicht.

Die Brücke ist zerfallen;
Nun mühen sie sich bang,
Ein Liebeswort zu lallen,
Das nie hinüberdrang.

In ihrem Schattenleben
Quält eins sie gar zu sehr:
Ihr Herz will dir vergeben,
Ihr Mund vermag's nicht mehr.

O bleibe treu den Toten,
Die lebend du betrübt;
O bleibe treu den Toten,
Die lebend dich geliebt!

Es ist ein Flüstern

Es ist ein Flüstern in der Nacht,
Es hat mich ganz um den Schlaf gebracht;
Ich fühl's, es will sich was verkünden
Und kann den Weg nicht zu mir finden.

Sind's Liebesworte, vertrauet dem Wind,
Die unterwegs verwehet sind?
Oder ist's Unheil aus künftigen Tagen,
Das emsig drängt sich anzusagen?

Tiefe Schatten

So komme, was da kommen mag!
Solang du lebest, ist es Tag.

Und geht es in die Welt hinaus,
Wo du mir bist, bin ich zu Haus.

Ich seh dein liebes Angesicht,
Ich sehe die Schatten der Zukunft nicht.

I

In der Gruft bei den alten Särgen
Steht nun ein neuer Sarg,
Darin vor meiner Liebe
Sich das süßeste Antlitz barg.

Den schwarzen Deckel der Truhe
Verhängen die Kränze ganz;
Ein Kranz von Myrtenreisern,
Ein weißer Syringenkranz.

Was noch vor wenig Tagen
Im Wald die Sonne beschien,
Das duftet nun hier unten:
Maililien und Buchengrün.

Geschlossen sind die Steine,
Nur oben ein Gitterlein;
Es liegt die geliebte Tote
Verlassen und allein.

Vielleicht im Mondenlichte,
Wenn die Welt zur Ruhe ging,
Summt noch um die weißen Blüten
Ein dunkler Schmetterling.

2

Mitunter weicht von meiner Brust,
Was sie bedrückt seit deinem Sterben;
Es drängt mich, wie in Jugendlust,
Noch einmal um das Glück zu werben.

Doch frag ich dann: Was ist das Glück?
So kann ich keine Antwort geben
Als die, daß du mir kämst zurück,
Um so wie einst mit mir zu leben.

Dann seh ich jenen Morgenschein,
Da wir dich hin zur Gruft getragen;
Und lautlos schlafen die Wünsche ein,
Und nicht mehr will ich das Glück erjagen.

3

Gleich jenem Luftgespenst der Wüste
Gaukelt vor mir
Der Unsterblichkeitsgedanke;
Und in den bleichen Nebel der Ferne
Täuscht er dein Bild.

Markverzehrender Hauch der Sehnsucht,
Betäubende Hoffnung befällt mich;
Aber ich raffe mich auf,
Dir nach, dir nach;
Jeder Tag, jeder Schritt ist zu dir.

Doch, unerbittliches Licht dringt ein;
Und vor mir dehnt es sich,
Öde, voll Entsetzen der Einsamkeit;
Dort in der Ferne ahn ich den Abgrund;
Darin das Nichts. –

Aber weiter und weiter
Schlepp ich mich fort;
Von Tag zu Tag,
Von Mond zu Mond,
Von Jahr zu Jahr;

Bis daß ich endlich,
Erschöpft an Leben und Hoffnung,
Werd hinstürzen am Weg
Und die alte ewige Nacht
Mich begräbt barmherzig,
Samt allen Träumen der Sehnsucht.

4

Weil ich ein Sänger bin, so frag ich nicht,
Warum die Welt so still nun meinem Ohr;
Die eine, die geliebte Stimme fehlt,
Für die nur alles andre war der Chor.

5

Und am Ende der Qual alles Strebens
Ruhig erwart ich, was sie beschert,
Jene dunkelste Stunde des Lebens;
Denn die Vernichtung ist auch was wert.

6

Der Geier Schmerz flog nun davon,
Die Stätte, wo er saß, ist leer;
Nur unten tief in meiner Brust
Regt sich noch etwas, dumpf und schwer.

Das ist die Sehnsucht, die mit Qual
Um deine holde Nähe wirbt,
Doch, eh sie noch das Herz erreicht,
Mutlos die Flügel senkt und stirbt.

Ein Leib und eine Seele

Ein Leib und eine Seele, die wir waren,
Kann ich von deinem Tode nicht genesen;
Wie du zerfällst einsam in deinem Grabe,
So fühl ich mich, mein Leben, mit verwesen.

Constanze

1

Längst in das sichere Land der Vergangenheit warst du geschieden;
Nun, wie so viele zuvor, dämmerte wieder ein Tag.
Laut schon sangen die Schwalben; da neben mir krachte das Bettchen,
Und aus dem rosigen Schlaf hob sich ein Köpfchen empor.
»Ebbe!« so rief ich, »klein Ebbe!« – Da kniete sie schon in den Kissen;
Aber geheimnisvoll blickten die Augen mich an.
»Ebbe?« frug sie zurück, und leis aus innerstem Herzen
Klang's wie ein Lachen herauf: »Elschen hieß ich ja sonst!
Wer doch nannte mich Elschen?« Da plötzlich fiel es wie Schatten
Über das Kindergesicht; trüb sich umflorte das Aug.
»Ja, wer nannte dich so?« – Und zögernd kamen die Worte:
»Meine Mutter.« Und still senkte das Köpfchen sich nun.
Lange kniete sie so. Den sterblichen Augen unfaßbar –
War sie dem Kinde genaht, die mich so lange beglückt?

2

Nicht dem Geliebten allein, wie vielen warst du entrissen!
Glaubten die Freunde doch kaum, ohne dich blühe die Welt. –
Deine geliebten Rosen, ach, dreimal blühten sie wieder,

Und deinen Namen wie lang hab ich von keinem
gehört.
Rastlos wandert die Zeit, in den Augen der Kinder
verdämmert
Mählich dein Bild, und bald – wer noch wüßte von dir!
Denn so schwindet der Menschen Gedächtnis: Siehe,
noch einmal,
Höher als je zuvor, hebt es die spiegelnde Flut;
Scheidender Abendstrahl der Sonne verklärt es noch
einmal;
Doch wie die Welle verrauscht, nimmt und begräbt es
die Nacht.

Begrabe nur dein Liebstes!

Begrabe nur dein Liebstes! Dennoch gilt's
Nun weiterleben; – und im Drang des Tages,
Dein Ich behauptend, stehst bald wieder du.
– So jüngst im Kreis der Freunde war es, wo
Hinreißend Wort zu lauter Rede schwoll;
Und nicht der Stillsten einer war ich selbst.
Der Wein schoß Perlen im kristallnen Glas,
Und in den Schläfen hämmerte das Blut; –
Da plötzlich in dem hellen Tosen hört ich
– Nicht Täuschung war's, doch wunderbar zu sagen –,
Aus weiter Ferne hört ich eine Stille;
Und einer Stimme Laut, wie mühsam zu mir ringend,
Sprach todesmüd, doch süß, daß ich erbebte:
»Was lärmst du so, und weißt doch, daß ich schlafe!«

Friedlos bist du

Friedlos bist du, mein armer Sohn,
Und auch friedlos bin ich durch dich.
Wären wir, wo deine Mutter ist,
Wir wären geborgen, du und ich.

Sie legte wohl um ihr verirrtes Kind
– Wenn die Toten nicht Schatten bloß –
Schützend und warm ihren Mutterarm
Und nähme dein Haupt in den Schoß.

Ein Sterbender

Am Fenster sitzt er, alt, gebrochnen Leibes,
Und trommelt müßig an die feuchten Scheiben;
Grau ist der Wintertag und grau sein Haar.
Mitunter auch besieht er aufmerksam
Der Adern Hüpfen auf der welken Hand.
Es geht zu Ende; ratlos irrt sein Aug
Von Tisch zu Tisch, drauf Schriftwerk aller Art,
Sein harrend, hoch und höher sich getürmt.
Vergebens! Was er täglich sonst bezwang,
Es ward ein Berg; er kommt nicht mehr hinüber.
Und dennoch, wenn auch trübe, lächelt er
Und sucht wie sonst noch mit sich selbst zu scherzen;
Ein Aktenstoß, in tücht'gen Stein gehauen,
Es dünket ihn kein übel Epitaph.
Doch streng aufs neue schließet sich sein Mund;
Er kehrt sich ab, und wieder mit den grellen
Pupillen starrt er in die öde Luft
Und trommelt weiter an die Fensterscheiben.
Da wird es plötzlich hell; ein bleicher Strahl
Der Wintersonne leuchtet ins Gemach
Und auf ein Bild genüber an der Wand.
Und aus dem Rahmen tritt ein Mädchenkopf,
Darauf wie Frühtau noch die Jugend liegt;
Aus großen, hold erstaunten Augen sprüht
Verheißung aller Erdenseligkeit.
Er kennt das Wort auf diesen roten Lippen,
Er nur allein. Erinnrung faßt ihn an;
Fata Morgana steigen auf betörend;
Lau wird die Luft – wie hold die Düfte wehen!
Mit Rosen ist der Garten überschüttet,
Auf allen Büschen liegt der Sonnenschein.

Die Bienen summen; und ein Mädchenlachen
Fliegt süß und silbern durch den Sommertag.
Sein Ohr ist trunken. »Oh, nur einmal noch!«
Er lauscht umsonst, und seufzend sinkt sein Haupt.
»Du starbst. – Wo bist du? – Gibt es eine Stelle
Noch irgendwo im Weltraum, wo du bist? –
Denn daß du mein gewesen, daß das Weib
Dem Manne gab der unbekannte Gott –
Ach dieser unergründlich süße Trunk,
Und süßer stets, je länger du ihn trinkst,
Er läßt mich zweifeln an Unsterblichkeit;
Denn alle Bitternis und Not des Lebens
Vergilt er tausendfach; und drüberhin
Zu hoffen, zu verlangen weiß ich nichts!«
In leere Luft ausstreckt er seine Arme:
»Hier diese Räume, wo du einst gelebt,
Erfüllt ein Schimmer deiner Schönheit noch;
Nur mir erkennbar; wenn auch meine Augen
Geschlossen sind, von keinem dann gesehn.«

Vor ihm mit dunklem Weine steht ein Glas,
Und zitternd langet seine Hand danach;
Er schlürft ihn langsam, aber auch der Wein
Erfreut nicht mehr sein Herz. Er stützt das Haupt.
»Einschlafen, fühl ich, will das Ding, die Seele,
Und näher kommt die rätselhafte Nacht!« – –
Ihm unbewußt entfliehen die Gedanken
Und jagen sich im unermeßnen Raum. –
Da steigt Gesang, als wollt's ihn aufwärts tragen;
Von drüben aus der Kirche schwillt der Chor.
Und mit dem innern Auge sieht er sie,
So Mann als Weib, am Stamm des Kreuzes liegen.
Sie blicken in die bodenlose Nacht;
Doch ihre Augen leuchten feucht verklärt,
Als sähen sie im Urquell dort des Lichts
Das Leben jung und rosig auferstehn.

»Sie träumen«, spricht er – leise spricht er es –,
»Und diese bunten Bilder sind ihr Glück.
Ich aber weiß es, daß die Todesangst
Sie im Gehirn der Menschen ausgebrütet.«
Abwehrend streckt er seine Hände aus:
»Was ich gefehlt, des einen bin ich frei;
Gefangen gab ich niemals die Vernunft,
Auch um die lockendste Verheißung nicht;
Was übrig ist – ich harre in Geduld.«
Mit klaren Augen schaut der Greis umher;
Und während tiefer schon die Schatten fallen,
Erhebt er sich und schleicht von Stuhl zu Stuhl,
Und setzt sich noch einmal dort an den Tisch,
Wo ihm so manche Nacht die Lampe schien.
Noch einmal schreibt er; doch die Feder sträubt sich;
Sie, die bisher dem Leben nur gedient,
Sie will nicht gehen in den Dienst des Todes;
Er aber zwingt sie, denn sein Wille soll
So weit noch reichen, als er es vermag.

Die Wanduhr mißt mit hartem Pendelschlag,
Als dränge sie, die fliehenden Sekunden;
Sein Auge dunkelt; ungesehen naht,
Was ihm die Feder aus den Fingern nimmt.
Doch schreibt er mühsam noch in großen Zügen,
Und Dämmrung fällt wie Asche auf die Schrift:
»Auch bleib der Priester meinem Grabe fern;
Zwar sind es Worte, die der Wind verweht,
Doch will es sich nicht schicken, daß Protest
Gepredigt werde dem, was ich gewesen,
Indes ich ruh im Bann des ew'gen Schweigens.«

Geh nicht hinein

Im Flügel oben hinterm Korridor,
Wo es so jählings einsam worden ist
– Nicht in dem ersten Zimmer, wo man sonst
Ihn finden mochte, in die blasse Hand
Das junge Haupt gestützt, die Augen träumend
Entlang den Wänden streifend, wo im Laub
Von Tropenpflanzen ausgebälgt Getier
Die Flügel spreizte und die Tatzen reckte,
Halb Wunder noch, halb Wissensrätsel ihm
– Nicht dort; der Stuhl ist leer, die Pflanzen lassen
Verdürstend ihre schönen Blätter hängen;
Staub sinkt herab; – nein, nebenan die Tür,
In jenem hohen dämmrigen Gemach
– Beklommne Schwüle ist drin eingeschlossen –,
Dort hinterm Wandschirm auf dem Bette liegt
Etwas – geh nicht hinein! Es schaut dich fremd
Und furchtbar an.
                                Vor wenig Stunden noch
Auf jenen Kissen lag sein blondes Haupt;
Zwar bleich von Qualen, denn des Lebens Fäden
Zerrissen jäh; doch seine Augen sprachen
Noch zärtlich, und mitunter lächelt' er,
Als säh er noch in goldne Erdenferne.
Da plötzlich losch es aus; er wußt es plötzlich
– Und ein Entsetzen schrie aus seiner Brust,
Daß ratlos Mitleid, die am Lager saßen,
In Stein verwandelte –, er lag am Abgrund;
Bodenlos, ganz ohne Boden. – »Hilf!
Ach Vater, lieber Vater!« Taumelnd schlug
Er um sich mit den Armen; ziellos griffen
In leere Luft die Hände; noch ein Schrei –

Und dann verschwand er.
Dort, wo er gelegen,
Dort hinterm Wandschirm, stumm und einsam liegt
Jetzt etwas; – bleib, geh nicht hinein! Es schaut
Dich fremd und furchtbar an; für viele Tage
Kannst du nicht leben, wenn du es erblickt.
»Und weiter – du, der du ihn liebtest –, hast
Nichts weiter du zu sagen?«
Weiter nichts.

Anhang

Nachwort

Theodor Storm gehört zu den bedeutenden deutschsprachigen Lyrikern der zweiten Hälfte des 19. Jahrhunderts; nach den Romantikern, die seine Vorbilder waren, nach Eichendorff und Heine vor allem, gelang es ihm, besonders dem Lied und dessen Sprache der Innerlichkeit noch einmal eine neue, gemeinhin als realistisch bezeichnete Ausprägung zu geben.

Selbst wer nur wenige Gedichte unseres Autors kennt, an das von der »seitab« liegenden »grauen Stadt am Meer«, auf der dennoch der »Jugend Zauber« ruht, wird er sich gewiß erinnern. Wenn Storm also noch im Gedächtnis unserer Zeit lebt, so wohl als der Dichter der herben schleswig-holsteinischen Landschaft. Aber man täusche sich nicht, so viele Gedichte über Sturmflut, Wattenmeer, Heide und Moor hat der Norddeutsche gar nicht verfaßt, wie er überhaupt einzelne Motive möglichst nur einmal, dann aber gültig auszuformen suchte. Vielleicht wird das Dichterbild ja vor allem geprägt durch Storms letzte große Novelle, »Der Schimmelreiter« (1888), mit der er die Küstenregion Nordfrieslands und ihre Bewohner in so beeindruckender Weise in die Literatur einführte. Die Zeitgenossen, voran Theodor Fontane, haben ihn vor allem als Liebeslyriker geschätzt. Nicht von ungefähr trug er in der Berliner Dichtervereinigung »Tunnel über der Spree« den Namen »Tannhäuser«. Mit der Liebeslyrik hat bei Storm alles begonnen, und in seinen kleinen Liedern, in denen im Grunde noch kaum ein realistisches Milieu auszumachen ist, liegt bereits seine ganze Originalität und Modernität begründet.

Schon in seinen Texten aus den frühen vierziger Jahren, von denen wir nur einzelne übernommen haben

(»Junges Leid« und »Liegt eine Zeit zurück«), klingt ein überstarkes und offenbar unabweisbares Vergänglichkeitsgefühl an, das später auch die Themen Liebe und Ehe, Natur und Heimat grundiert, bis es schließlich mit dem Todesthema verschmilzt. Im Eröffnungsgedicht unserer Auswahl, das neben »Elisabeth« und »Im Walde« in die 1849 entstandene Novelle »Immensee« eingefügt war, ist diese Stimmung bereits virtuos im schlichten Volksliedton verdichtet. In ebenjenem Vergänglichkeitsgefühl, das man vor dem Hintergrund seines fast materialistisch zu nennenden Weltbildes sehen muß, wird eine in der Sozialisation des Autors wurzelnde, zugleich aber existentiell verallgemeinerbare Angst faßbar, die gerade dem Lebensgefühl in Moderne und Postmoderne, nach Auflösung von religiösen und ethischen Werteordnungen durch einen sich immer weiter steigernden Individualismus und Hedonismus, nicht fremd sein dürfte. Storm hat versucht, diese Angst abzuwehren, für die er das Bild vom einsamen Sterbenmüssen findet, und doch bleibt sie omnipräsent. Selbst in der Beziehung zur geliebten und begehrten Frau und selbst im Moment des sinnlichen Rausches (Storm hat mit »Rote Rosen« und »Mysterium«, die er beide zu Lebzeiten nicht zu veröffentlichen wagte, vielleicht die erotischsten und intimsten Liebesgedichte seiner literarischen Epoche geschrieben) wird die Zeit des Getrenntseins, die ihm völliges Verlassensein bedeutet, qualvoll vorweggenommen. Die Liebe zur Frau, später zur Familie stellt das Wertvollste dar, das Storm kennt, sie geht noch über die starke vaterländische Bindung hinaus, der er seinerzeit so vielbewunderte Verse wie »Im Herbste 1850« und »Abschied« widmete. Nur an der Brust der Geliebten und in ihren Armen scheint für Augenblicke die Zeit stillzustehen (»O süßes Nichtstun«, »Nun sei mir heimlich zart und lieb«, »Schließe mir die Augen beide«, »Mondlicht«). Doch eine stets neu erwachende Sehnsucht richtet sich auf etwas Längstverlorenes, Tiefvergessenes: »Wenn ich nur dort hinüberkönnte, / Wer weiß! – vielleicht noch fänd ich's dort.« Diese verzehrende Sehnsucht läßt nur selten ein Gefühl von Erfüllung aufkommen, sie bildet zudem den Kern einer Heimatlichkeit, von der Thomas Mann sagte, daß der »Philister sie hysterisch finden« könnte, denn sie sei wesentlich »ein Heimweh, das durch keine Realität zu stillen ist« (»Theodor Storm«, 1930). Das obsessive Sicherinnern, das die Perspektive nicht nur vieler lyrischer, sondern auch der meisten novellistischen Texte Storms strukturiert, zielt letztlich auf den psychischen Ursprung dieses Heimwehs. Seine Gedichte über die norddeutsche Landschaft haben deshalb auch nichts zu tun mit kleinbürgerlichem Schollenpatriotismus. Sie reden wie »Meeresstrand« und »Die Stadt« eher von der melancholischen Liebe zu einer im Grunde abweisenden, kalten Heimat, die den Sprechenden seine Einsamkeit fühlen läßt und an die er dennoch – weil sie eben wie die Mutter die einzige ist – unauflöslich gebunden bleibt. Storms lyrische Landschaften erlangen nicht selten ihren besonderen Reiz durch ein in ihnen verborgenes Geheimnis (»Gartenspuk«, »Waldweg«), dem sich das Ich nur vorsichtig zu nähern wagt: »Denn nicht allein wär ich um solche Zeit / Gegangen zum entlegnen Waldesgrund; / Mir graute vor der Mittagseinsamkeit. –« Wie der einsame nächtliche Tanz der »zierlichen Kleinen« vor dem Spiegel in der Ballade »In Bulemanns Haus« fordern solche Bilder und Szenen dazu heraus, dem dahinterliegenden Seelenrätsel nachzusinnen.

Die Lebensgrundstimmung der Vergänglichkeit führte Storm zu einer tiefen Vertrautheit mit den letzten Dingen des menschlichen Daseins. Nach dem schmerzlichen Verlust geliebter Menschen entstanden einige der ergreifendsten Abschiedsgedichte deutscher Sprache (»Tiefe Schatten«, »Constanze«). Bereits als junger Mann antizipierte er auch das eigene Ende und formulierte ein weltanschauliches Bekenntnis von großer Eindringlichkeit. Vom religionskritischen Disput seiner Zeit, von Karl Immermann, Ernst Willkomm, den Jungdeutschen, vielleicht auch von Ludwig Feuerbach beeinflußt, waren ihm die christliche Demuts- und Verzichtslehre wie vor allem der Jenseitsglaube längst suspekt geworden. Ähnlich wie Gottfried Keller versuchte er, sich auf eine Philosophie einzuschwören, nach der moralische und ästhetische Werte um ihrer selbst willen gelebt werden (»Größer werden die Menschen nicht«). In der Nähe zur Auflösung des Ichs bzw. in der Abwehr von Todesangst muß auch ein Kraftquell gelegen haben, denn das Tapfere, das in dem vergleichsweise bescheidenen Anspruch liegt, »Vom Leben fest mich selber zu gewinnen, / Wenn andres nicht, so doch ein ganzes Herz« (»Im Zeichen des Todes«), überzeugt auch heute noch.

Storm war ein sehr bewußter Formkünstler, der klar erkannte, daß vor allem bei seinen kleinen, liedhaften Gedichten, deren Wortmaterial kaum mehr unverbraucht war, »schon ein falscher oder pulsloser Ausdruck die Wirkung des Ganzen zerstören kann« (Vorrede zum »Hausbuch aus deutschen Dichtern seit Claudius«, 1870). Er ließ keinen Zweifel daran, daß sich die Bedeutung eines lyrischen Textes nicht allein durch den Sinn der Worte vermittelt, »sondern zum großen Teil durch ihren Klang und durch das angemessene Verhältnis und Auf- und Nacheinanderfolgen von ein- oder mehrsilbigen Worten, von mehr oder weniger flüchtigen Längen, durch den richtigen Gebrauch der Assonanz und Alliteration im Verse« (an Hartmuth Brinkmann, 28. März 1852). Die Schlichtheit seiner lyrischen Texte ist mithin von großem Raffinement.

Bei der Zusammenstellung der Separatausgabe seiner Lyrik legte Storm die höchsten künstlerischen Maßstäbe an. Nur die Texte des ersten Buches seiner »Gedichte«, 1852 in Kiel erschienen, genügten seinem kritischen Urteil. Und dieses erste Buch, dem auch die meisten Texte unserer Auswahl entnommen sind, umfaßt in der 7. und letzten Ausgabe von 1885 nicht mehr als 150 Gedichte. Zwar hat Storm von Auflage zu Auflage seinen Gedichtband immer wieder sorgfältig überarbeitet und neu entstandene Verse hinzugefügt, die meisten jedoch stammen aus den Jahren zwischen 1843 und 1855, der Hoch-Zeit seiner lyrischen Produktivität. Später ist der Lyriker hinter dem Erzähler zurückgetreten. Dennoch war Storm selbst als anerkannter und erfolgreicher Novellist fest davon überzeugt, daß er das künstlerisch Bedeutendste und Nachhaltigste in der Lyrik geleistet habe. An den Literaturhistoriker Emil Kuh, der seinen Novellen Klassizität bescheinigt hatte, schrieb er am 1. September 1872 abwehrend, dazu gehöre doch wohl, »daß in den Werken eines Dichters der wesentliche geistige Gehalt seiner Zeit in künstlerisch vollendeter Form abgespiegelt ist, und werde ich mich jedenfalls mit einer Seitenloge begnügen müssen. Übrigens dürfte wohl festgehalten werden, daß, soweit überhaupt, solches in meiner Lyrik, und dort vielleicht mehr, als die Kritik mir gewöhnlich zugesteht, zur Erscheinung kommt.«

Regina Fasold

Der Autor
Theodor Storm, geboren am 14. September 1817 in Husum, gestorben am 4. Juli 1888 in Hademarschen. Schulzeit in Husum und Lübeck; anschließend Jurastudium in Kiel und Berlin. Ab 1843 Advokat in Husum. Seit 1844 verheiratet mit seiner Cousine Constanze Esmarch, mit der er sieben Kinder hatte. Nach der Besetzung Schleswig-Holsteins durch Dänemark Übersiedlung nach Potsdam im Dezember 1853. Von 1856 bis 1864 Kreisrichter in Heiligenstadt. Nach dem preußisch-österreichischen Sieg über Dänemark 1864 Rückkehr in die Heimat und Tätigkeit als Landvogt. Nach dem Tod seiner ersten Frau 1865 heiratete Storm 1866 Dorothea Jensen, die er bereits als junger Ehemann leidenschaftlich geliebt hatte. Nach der preußischen Justizreform 1867 Amtsrichter in Husum. 1880 Übersiedlung in das holsteinische Dorf Hademarschen.

Wichtige Publikationen: »Liederbuch dreier Freunde« (1843), »Immensee« (1849), »Gedichte« (1852), »Auf dem Staatshof« (1859), »Im Schloß« (1862), »Auf der Universität« (1863), Herausgabe des »Hausbuchs aus deutschen Dichtern seit Claudius« (1870), »Draußen im Heidedorf« (1872), »Pole Poppenspäler« (1874), »Aquis submersus« (1876), »Carsten Curator« (1878), »Der Herr Etatsrat« (1881), »Hans und Heinz Kirch« (1882), »Ein Doppelgänger« (1886), »Der Schimmelreiter« (1888).

Die Herausgeberin
Regina Fasold, geboren 1954 in Kamenz. Studium der Germanistik in Leipzig, 1983 Promotion, 1982–1999 wissenschaftliche Assistentin, danach wissenschaftliche

Mitarbeiterin an der Universität Leipzig. Publikationen u. a.: »Theodor Storm«, Stuttgart–Weimar 1997 (Sammlung Metzler); »Theodor Storm – Constanze Esmarch. Briefwechsel«. Kritische Ausgabe. 2 Bände, Berlin 2002.

Textgrundlage
Theodor Storm, Sämtliche Werke in vier Bänden. Herausgegeben von Peter Goldammer. 7., überarbeitete Auflage, Aufbau-Verlag GmbH, Berlin 1992.

Alphabetisches Verzeichnis der Gedichtüberschriften und -anfänge

Theodor Storm
Weihnachten mit Storm
Herausgegeben von
Antje Erdmann-Degenhardt
Gebunden, 144 Seiten
ISBN 3-351-02958-6

Weihnachten mit großen Dichtern

Diese liebevoll ausgestattete Geschenkedition versammelt Gedichte, Geschichten, autobiographische Notizen und Auszüge aus großen Werken wie Goethes »Wilhelm Meister« und Fontanes »Effi Briest«.

Ebenfalls lieferbar:
Weihnachten mit Strittmatter
Weihnachten mit Goethe
Weihnachten mit Fontane
Weihnachten mit Hans Christian Andersen

Alle Bände mit einem Frontispiz.

aufbau
VERLAG

Mehr Informationen erhalten Sie unter
www.aufbau-verlag.de oder von Ihrem Buchhändler

Sehnsucht nach Sonne und Wärme. Lyrik bei AtV

EVA STRITTMATTER
Einst hab ich drei Weiden besungen
Diese Auswahl aus Gedichtbänden Eva Strittmatters erzählt von der Natur, den Zeiten des Tages, des Jahres und des Lebens. Sie lehren hinzusehen und machen nachdenklich. Das Taschenbuch, ein Brevier für jedermann, ist die Essenz langer Schaffensjahre.
Gedichte. 234 Seiten. AtV 1007

HEINZ KAHLAU
Die schönsten Gedichte
Deutschlands bekanntester Lyrik-Rezitator, Lutz Görner, hat eine ganz persönliche Auswahl aus Heinz Kahlaus Werk getroffen. »Ich habe Heinz Kahlau nicht verbogen und hellsichtiger machen wollen, als er ist. Allerdings habe ich meine eigenen subjektiven Vorlieben bevorzugt. Diese Auswahl ist der Versuch, Ihnen Heinz Kahlau näherzubringen, ihn schätzenzulernen.«
Ausgewählt und mit einem Nachwort von Lutz Görner.
169 Seiten. AtV 1949

Des Himmels heitere Bläue
Die schönsten Sommergedichte
Die schönste Jahreszeit im unendlichen Spiel der Farben und Formen, im wechselnden Licht des Tages, erlebt zu Hause oder auf Reisen, allein oder zu zweit. Ein Lese- und Geschenkbuch für den Sommerurlaub und eine hoffnungsvolle Lektüre für alle, die sich an langen Wintertagen nach Sonne und Wärme sehnen.
Herausgegeben von Klaus Seehafer.
201 Seiten. AtV 1866

Rote Lippen
Die schönsten Kuß-Gedichte
So variantenreich das Phänomen, so unendlich das lyrische Spiel um Kuß und Küssen, wovon die Verliebten bekanntlich nicht genug bekommen können. Weil aber nach Fontane selbst für Hochzeitsreisende »immer küssen über die Kraft« geht, sei für die Pausen dieses Büchlein empfohlen.
Herausgegeben von Hansjürgen Blinn.
160 Seiten. AtV 1907

Mehr Informationen erhalten Sie unter www.aufbau-verlag.de oder bei Ihrem Buchhändler

AtV

Wenn Goethe in die Luft geht …
Klassik bei AtV

GUSTAV SCHWAB
Die schönsten Sagen des klassischen Altertums
Gustav Schwabs berühmte Sammlung der »Schönsten Sagen des klassischen Altertums« ist längst zu einem Standardwerk geworden. Als zuverlässiger Führer durch die Welt der unsterblichen antiken Mythen beeindrucken seine großartigen Nacherzählungen jede neue Generation.
3 Bände in Kassette. 1001 Seiten. AtV 6080

JOHANN WOLFGANG GOETHE
Mit Seide näht man keinen groben Sack
Kleine feine Gemeinheiten
Eine kurzweilige Sammlung von Goethe-Worten: Zitaten aus Werken, Briefen und Gesprächen zum vielfältigen Gebrauch. Goethe-Biograph Klaus Seehafer hat sie zusammengestellt. Seinen Spaß an einem Goethe, der aus der Haut fuhr und in die Luft ging, gibt er mit Vergnügen weiter. Wenn es not tat, scheute der »Dichterfürst« auch vor Taktlosigkeiten nicht zurück und reagierte sich mit unverblümten Frechheiten ab.
Ausgewählt von Klaus Seehafer. 144 Seiten. AtV 1579

WILHELM HAUFF
Die Karawane
Der kleine Muck mit seinen Zauberpantoffeln, die komischen Abenteuer eines Kalifen und seines Großwesirs oder der beklemmende Tausch des lebendigen Herzens gegen einen Stein – Hauffs Märchen finden immer wieder den Weg zu Kindern und Erwachsenen. Ihre Popularität ist ungebrochen.
Märchen. Vollständige Ausgabe. Mit einem Nachwort von Tilman Spreckelsen. Mit Illustrationen von Max Reach. 517 Seiten. AtV 1358

KAREL ČAPEK
Das Jahr des Gärtners
Čapeks vergnüglich-charmantes Büchlein über das Gärtnern von Januar bis Dezember ist getragen von der Liebe zu allem, was wächst und gedeiht. Zwei Gewächse sind es vor allem, die Čapek in seinem literarischen Garten hegt und pflegt, der Humor und die Ironie. Sie geben dem Text seine heitere Gelassenheit und machen den Leser zum Sympathisanten des gärtnernden Teils der Menschheit.
Aus dem Tschechischen von Grete Ebner-Eschenhayn. Mit Illustrationen von Josef Čapek. 135 Seiten. AtV 1712

Mehr Informationen erhalten Sie unter www.aufbau-verlag.de oder bei Ihrem Buchhändler

AtV

Theodor Fontane
Hundert Gedichte
Herausgegeben von Gotthard Erler
Leinen, 167 Seiten
ISBN 3-351-02948-9

Lyrik für Genießer

Die erlesene Reihe präsentiert je 100 Gedichte in kundiger Auswahl. Und weil zeitlose Schlichtheit, Eleganz und Gediegenheit nicht vergehen, sind die hochformatigen Bände in feinstes Leinen gebunden und mit farbigem Vorsatzpapier ausgestattet.

Heinrich Heine, Hundert Gedichte
Herausgegeben von Jan-Christoph Hauschild
186 Seiten, ISBN 3-351-02946-2

Christian Morgenstern, Hundert Gedichte
Herausgegeben von Frank Möbus
155 Seiten, ISBN 3-351-02947-0

Joseph von Eichendorff, Hundert Gedichte
Herausgegeben von Klaus Seehafer
152 Seiten, ISBN 3-351-02967-5

aufbau
VERLAG

Mehr Informationen erhalten Sie unter
www.aufbau-verlag.de oder von Ihrem Buchhändler

Rainer Maria Rilke
Hundert Gedichte
Herausgegeben von
Gisela und Ulrich Häussermann
Leinen, 144 Seiten
ISBN 3-351-02899-7

Mehr Lyrik für Genießer

»... handlich, stilvoll und überaus anregend ...«
(WWW.CITY-TRENDS.DE)

Bertolt Brecht, Hundert Gedichte
1918-1950
269 Seiten, ISBN 3-351-02959-4

Hansjürgen Blinn, Kennst du das Land?
Die hundert schönsten Italien-Gedichte
Herausgegeben von Hanjürgen Blinn
176 Seiten, ISBN 3-351-02966-7

Hansjürgen Blinn, Ich will dich
Die hundert schönsten erotischen Gedichte
Herausgegeben von Hansjürgen Blinn
185 Seiten, ISBN 3-351-02901-2

Alle Bände sind in feinstes Leinen gebunden und mit farbigem Vorsatzpapier ausgestattet.

aufbau
VERLAG

Mehr Informationen erhalten Sie unter
www.aufbau-verlag.de oder von Ihrem Buchhändler

Zum einmaligen Sonderpreis: Die Bibliothek der Weltliteratur

Das Beste aus Spanien, Frankreich, Italien und Rußland auf 4892 Seiten in 12 klassisch schönen Bänden:
Sie enthalten Werke von Alessandro Manzoni (Die Verlobten, 2 Bände), Miguel de Cervantes (Don Quixote), Jane Austen (Emma), Guy de Maupassant (Bel-Ami), Denis Diderot (Die Nonne), Gustave Flaubert (Madame Bovary), Fjodor Dostojewski (Schuld und Sühne, 2 Bände), Iwan Turgenjew (Väter und Söhne), Nikolai Gogol (Die toten Seelen) und Walter Scott (Ivanhoe).

Die Bibliothek der Weltliteratur
Das Beste in 12 Bänden
Limitierte Sonderedition im Schuber
Gebunden, 4892 Seiten
ISBN 3-351-02992-6

aufbau
VERLAG

Mehr Informationen erhalten Sie unter
www.aufbau-verlag.de oder von Ihrem Buchhändler

Die Bibliothek deutscher Klassiker
Das Beste in 12 Bänden
Limitierte Sonderedition im Schuber
zum einmaligen Sonderpreis
Mit 12 Frontispizen
Gebunden, 4299 Seiten
ISBN 3-351-02960-8

»Faszinierender Blick auf Gipfelleistungen deutscher Literatur« NEUES DEUTSCHLAND

Das Beste auf 4299 Seiten in 12 klassisch schönen Bänden: Sie enthalten die wichtigsten Werke von Goethe (Werther, Wahlverwandtschaften), Schiller (Räuber, Kabale und Liebe), Hölderlin (Hyperion, Der Tod des Empedokles), Kleist (Gedichte, Erzählungen, Anekdoten), E. T. A. Hoffmann (Lebensansichten des Kater Murr), Eichendorff (Gedichte, Aus dem Leben eines Taugenichts), Raabe (Die Chronik der Sperlingsgasse, Die schwarze Galeere), Heine (Deutschland – ein Wintermärchen, Die Harzreise), Droste-Hülshoff (Gedichte, Die Judenbuche, Bilder aus Westfalen), Mörike (Gedichte, Das Stuttgarter Hutzelmännlein, Mozart auf der Reise nach Prag), Storm (Gedichte, Die Regentrude, Immensee) und Fontane (Effi Briest).

»Sie ist sehr bunt, erstaunlich anspruchsvoll und verblüffend unkonventionell in der Auswahl, diskutabel allemal, aber nie unakzeptabel.« NEUES DEUTSCHLAND

aufbau VERLAG

Mehr Informationen erhalten Sie unter
www.aufbau-verlag.de oder von Ihrem Buchhändler

Aufbau Literaturkalender
2004 im 37. Jahrgang
Redaktion:
Günther Drommer, Catrin Polojachtof
56 Seiten. Spiralbindung
Mit zahlreichen farbigen und s/w-Abb.
ISBN 3-351-02964-0

»Wie gut, daß es diesen Literaturkalender noch gibt …« DIE ZEIT

Auch im 37. Jahrgang bleibt er seinem Konzept treu: Der Aufbau Literaturkalender lädt ein zu einer literarischen Entdeckungsreise durch Jahrhunderte und über Erdteile hinweg. Woche für Woche erzählt er von hochberühmten Autoren und namenlosen Poeten, erfreut durch Porträts, Gemälde, Zeichnungen, Illustrationen, Karikaturen und Fotografien von Dichtern und Denkern in vertrauten und ungewohnten Posen. Das ständig aktualisierte Verzeichnis der Geburts- und Sterbedaten enthält über 3000 Einträge.

»Eine Perle in der Kalenderflut.«
THÜRINGER ALLGEMEINE

aufbau
VERLAG

Mehr Informationen erhalten Sie unter
www.aufbau-verlag.de oder von Ihrem Buchhändler

»Man muß sich die Kunden des Aufbau-Verlages als glückliche Menschen vorstellen.«

SÜDDEUTSCHE ZEITUNG

Streifzüge mit Büchern und Autoren:
Das Kundenmagazin der Aufbau Verlagsgruppe finden Sie kostenlos in Ihrer Buchhandlung und als Download unter www.aufbau-verlag.de.

Mit Gesamtverzeichnis der Verlage Aufbau, Aufbau Taschenbuch, Rütten & Loening, Gustav Kiepenheuer und Der Audio Verlag.

aufbau
VERLAGSGRUPPE